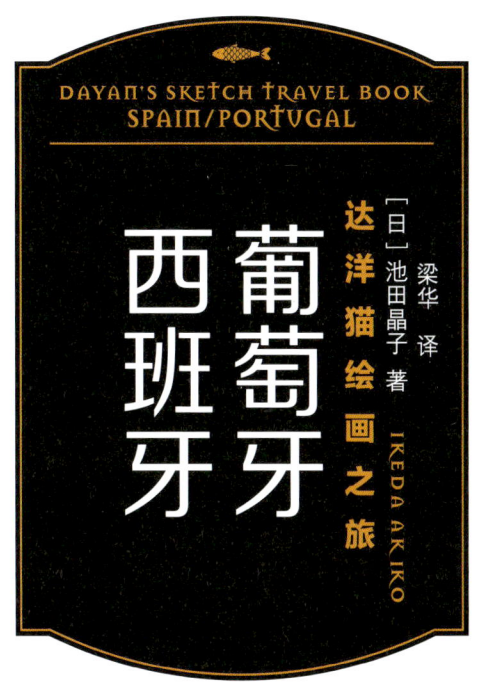

DAYAN'S SKETCH TRAVEL BOOK
SPAIN/PORTUGAL

达洋猫绘画之旅

西班牙 葡萄牙

[日] 池田晶子 著
梁华 译
IKEDA AKIKO

华夏出版社
HUAXIA PUBLISHING HOUSE

contents

前言	6
短期留学的旅行准备	8
西班牙、葡萄牙地图	10

I 巴塞罗那及加泰罗尼亚周边

在巴塞罗那尽情欣赏高迪建筑	2
天才高迪与古埃尔先生	4
令人惊叹的萨格拉达·法米利亚大教堂	6
漫步兰布拉斯大街	8
圣荷西市场	10
西班牙日	11
华丽的加泰罗尼亚音乐宫	12
乘缆车登上蒙锥克山	14
钢笔、水彩、水笔	15
加泰罗尼亚的圣地——蒙塞拉特	16
萨拉戈萨的皮拉尔圣母节	18
菲格拉斯的达利剧场美术馆	22

2 ❀ 在塞维利亚学习西班牙语

- 西班牙留学记 27
- 我寄宿的陶瓷艺术之家 28
- 橘子香的塞维利亚 32
- 伊斯兰文化遗存——吉拉尔达塔与阿尔卡萨尔 34
- 欢乐的圣十字区 38
- 努埃巴广场附近的小酒馆 40
- 特里阿那区的落日余晖 42
- 去学弗拉明戈舞 44
  - 在酒馆里跳弗拉明戈舞 46
- 骑自行车去西班牙广场 48
- 去阿拉塞纳镇和马尔维加斯窟郊游 50
  - 西班牙番茄冷汤（Gazpacho）与
  - 西班牙冷菜汤（Salmorejo） 52

3 ❀ 安达卢西亚的白色小镇

- 最古老的海洋城市加迪斯 55
- 位于美丽山谷中的小镇龙达 56
- 老城区和新城区 58

- 白色小镇阿尔科斯德拉弗龙特拉   60
- 在科尔特斯德拉弗龙特拉的乡村生活   64
- 软木林和采蘑菇   66
  - 乘巴士周游安达卢西亚   72

4 马德里和托莱多近郊

- 马德里的马约尔广场   74
- 美丽古都托莱多的帕拉多酒店   76
- 漫步城墙环绕的古城   78
- 拉曼恰风车之城   83
- 孔苏埃格拉的番红花节   84

5 巴斯克租车之旅

- 巴斯克观光地图   88
- 洪达利比亚的帕拉多酒店   90
- 格塔里亚的烤鱼   93
- 柯米拉斯的向日葵之塔   95
- 西班牙最美小镇桑提亚纳德玛   96
- 在贝尔梅奥偶遇节日庆典   98
  - 关于品巧思（pinchos）的种种   100

6 葡萄牙的山丘之城

- 咣当咣当的有轨电车　　　　　　　　　　102
- 白沙地区的升降梯　　　　　　　　　　　104
- 葡萄牙的瓷砖画　　　　　　　　　　　　107
- 乘登山缆车去上城区　　　　　　　　　　108
  - 在阿尔法玛地区听法多　　　　　　　　110
- 特茹河的贝伦塔　　　　　　　　　　　　112
- 欧亚大陆最西端的火车站——卡斯卡伊斯　114
- 城墙环绕的奥比都斯　　　　　　　　　　116
- 宿于山谷中的珍珠——波萨达酒店　　　　120
- 拿撒勒的玛利亚　　　　　　　　　　　　122
- 大西洋落日　　　　　　　　　　　　　　126
  - 从里斯本到马德里的夜行列车之旅　　　127

代后记　即兴拼画　　　　　　　　　　　　128

前言

我的第一本绘本出版,是在 28 年前。而我担任制造厂社长的年头,比这还要长。作家和社长这两种极为悬殊的工作倒是都很适合我,而且非常有趣,但 2015 年夏天,我还是辞去了社长的工作。

我脑子里一直在想:"如果辞去社长的工作,我要去西班牙!"

为什么是西班牙?

地中海地区,在多民族的交流与纷争中,在独特的城市、文化和人之间并不排斥彼此交往,具有阳光明快的气质。我深爱地中海周边各国。其中,西班牙对我来说尤为神秘。灿烂的太阳、热情、弗拉明戈舞,这里充满了魅力四射的元素。我想找个时间去西班牙,并且想静下心来慢游这个国度。而今年,正是时候。我已辞去了社长的职务,有的是时间,而西班牙,肯定能让我忘却已不再身居要职的寂寞。而且,说到西班牙,我就会想到安达卢西亚。《对安达卢西亚的憧憬》这首歌,真岛昌利的歌声与吉他伴奏的音色,就是我心中向往的安达卢西亚。梅里美的作品《卡门》也是如此,能让人感受到安达卢西亚这一地名所酝酿出的鲜明的哀切、激情以及破灭。对,就是光与影的感觉。还有被称为来自灵魂深处的回响的弗拉明戈舞,同样也是诞生在安达卢西亚这块土地上。我曾在新宿的主题餐厅 El Flamenco 欣赏过弗拉明戈舞的演出。凹睛碧眼的男女演员们脚步有力地踏着舞台地板,唱着,跳着。某些东西距离我越遥远越吸引我,西班牙就是这样一个令我神往之地。

大约 35 年前,我曾从罗马乘夜行列车去往巴塞罗那,列车里结识的开朗的女孩子们为我指引,使我平生第一次见到著名的高迪建筑。这座建筑位于一条时尚的街上,外窗和阳台的外形轮廓全是曲线,既奇特又可爱。虽说是有名的高迪所建造，里面却毫不吝惜地布满各种时装店，两者难以名状地和谐共存，让我深深为欧洲折服。想再去一次巴塞罗那，看看那里的高迪建筑！西班牙语的发音也很好听，有节奏感，尤其 R 这个发音非常帅气，人们说话时，词与词连在一起，听上去就像唱歌一样。

西班牙语跟意大利语很像。我去意大利旅行过多次，但仍不会说意大利语，有些遗憾，旅行中多有不便。意大利语同样富于魅力，但西班牙语更为厉害之处在于，它是全世界 20 多个国家的通用语言。如果会说西班牙语，就可以在拉丁美洲畅行无阻。

对了！我可以在西班牙找个地方短期留学啊！我可以先学会说西班牙语，然后去西班牙的乡村走一走，跟那片土地上的人们尽情地交谈啊！

如果要留学，就须在一个地方长住，在这段时间里不就能更深入地了解西班牙了吗？没准还能交到新的朋友。一想到这些，我就开始兴奋起来。

旅行时长是一个半月，其中两个星期留给学习，剩下还有一个月的富余时间。去哪里好呢？看地图时，我心中渐渐有了主意，还想去葡萄牙看看。

西班牙与葡萄牙是邻国，历史上曾经都是声名显赫的海上强国。"葡萄牙真是个不错的地方！"一位曾经去葡萄牙旅行过的朋友对我说，"在西班牙的时候一直挺紧张的，但是到了葡萄牙，感觉特别放松，心里很踏实呢。"我想去被称为七丘之城的里斯本，在别有风情的坡道上漫步。

短期留学的旅行准备

那么，留学的事要如何着手呢？我利用现代人的百宝箱——网络查了一下，有了有了……出来好多关于西班牙语留学的网页。我还发现了"高级短期留学"这一符合我要求的类别。不过等一下，甭管怎么高级，如果我一点也不会说西班牙语就去，一定很无趣，还是在日本先学一些再去吧。而且，在日本这边学西班牙语的学校里，没准我还能得到一些关于留学的信息。要知道，关于西班牙语留学的信息实在太多，我都挑花眼了。就这样，我报名参加了某个位于吉祥寺的西班牙语培训班，先是6天的短期课程。

时隔多年再次学习外语，既新鲜，又开心。这个班加上我一共三名学生，另外两人比我年轻，但我却不甘落后。西班牙语不仅听起来很好听，大声说出来时，心情更是爽快。我从5月份起每周上一次晚课。老师夸奖我说："晶子女士，您很适合学西班牙语哟，您的想象力丰富，所以记得很快。"我在这样的鼓舞之下，每天早晨去井之头公园一边散步一边拼命地背单词、记语法应用。

至于去西班牙留学的事，最后是根据出版社和朋友提供的信息，决定委托一家规模不大但专门做西班牙留学的中介公司。先确定留学目的，再决定留学时间和城市，最后从中选择学校。其中也有学弗拉明戈舞的课程，这对我来说很有吸引力。不过我最纠结的还是究竟该选哪个城市。有留学学校的城市各具特色，最后我把选择范围缩小到了其中的三个：塞维利亚、加迪斯、巴塞罗那。我要在那里住上一段时间，因此这个城市必须颇具魅力。巴塞罗那太"大城市"的感觉了，而且不属于安达卢西亚。海港城市加迪斯是欧洲最古老的城市之一，面向大海，景色宜人，但是地理位置太偏了。最后我选定了塞维利亚，这个城市不大不小，而且从这里还可前往安达卢西亚各个地方。

我选的学校是位于塞维利亚市中心的 CLIC 国际学校（CLIC International House），学校里有日籍工作人员。住处也是个大问题。可供选择

的有寄宿（homestay）、合租公寓(flat-share)、学生宿舍、整租公寓（apartment）、带卫浴的工作室等，这也是由留学中介公司来为我安排。听一位曾在塞维利亚 CLIC 留过学的朋友说，当时她寄宿的家庭比较严厉，只要比门禁时间稍晚回来一会儿，房东就会发脾气，所以她精神一直很紧张。尽管如此，好不容易去留学，我还是想多了解当地人的生活实态，于是我提交了申请，希望能在一个以创作为生的房东家里住一个星期，制陶也好，音乐也行，然后再在工作室里住一个星期。我是幸运的，有一个拥有陶瓷工坊的艺术之家接受了我的寄宿申请。太开心了！我的内心充满期待。

费用上，包括学费、课程费、住宿费、代理费在内，合计才 15 万日元出头。是不是觉得太便宜了？如果是去西班牙旅游，恐怕住两个星期宾馆，住宿费就得花这么多吧？一个人旅行的话我推荐短期留学，不仅能交到朋友，而且每天中午一过，当天的课就结束了，下午我可以做自己喜欢的事，还能学到一门语言。

我为这次旅行准备的物品有：学习所需的词典、单词本、笔记本、眼镜等，行李比以往要多。再加上我想利用这次旅行，继续推进自己的绘画之旅以及我新构思的春季主题 "españa"，所以行李里我还装进了各种画材，以便途中作画。虽然行李很重，但我的心却轻舞飞扬，我对留学这一崭新的挑战和这次长途旅行充满期待。

西班牙、葡萄牙地图

大致说来,伊比利亚半岛看起来像八角形。

西班牙,又称为西班牙王国。面积约 50 万平方公里,相当于日本国土的 1.3 倍,但人口只有日本的三分之一。首都为马德里。官方通用语言除西班牙语外,有些地方还使用加泰罗尼亚语、巴斯克语、加利西亚语。

葡萄牙的正式名称为葡萄牙共和国。面积相当于日本的四分之一,人口约 1,000 万。官方通用语言除葡萄牙语外,还使用米兰德斯语。

葡萄牙几乎全境与西班牙的大部分区域,都属于温暖的地中海气候,但各个地区之间温差较大,准备旅行着装时要注意。

SPAIN
PORTUGAL
MAP

BOOKDESIGN
ALBIREO

I

巴塞罗那及加泰罗尼亚周边

🐟 在巴塞罗那尽情欣赏高迪建筑

古埃尔公园，是个好玩又奇妙的空间！

糖果屋般的高塔、瓷砖长椅那跃动的色彩、在台阶正中间吐水的龙、从顶部垂下无数獠牙一般细长石柱的岩洞，大自然与色彩丰富的曲线完全融合在一起。高迪的幻想世界凝聚于此，让人想要描绘的东西太多了。

这是在同一空间内展示出各种不同面貌的综合艺术。建筑在艺术当中是非常厉害的领域，因为人要置身于那样的场所之中。

19世纪末的巴塞罗那十分繁荣。在拥有强大经济实力的背景之下，不仅是高迪，还有其他很多建筑师们竞相设计建造出外表奢华、装饰性强的建筑物，将巴塞罗那构建成为独一无二的城市。即便如此，高迪也是其中的翘楚。一个人，能为一座城市作出如此多的贡献，实在是世所罕见。高迪，从各种意义上说都是个不按常理出牌的人。高迪先生，请允许我走入您的这座城市吧。

I 巴塞罗那及加泰罗尼亚周边

天才高迪与古埃尔先生

我与采访组和妹妹预定在巴塞罗那会合,但我到得较早,于是决定先去古埃尔先生的故居探访。哎呀,好长的队!但是,我想走近看看那些从屋顶上露出来的蘑菇一样的烟囱。我下定决心,排在队尾,但排到我前面时,队伍被工作人员截住了,说让6点半以后再来。也好,这比让我一直排着好多了。

这座古埃尔宅邸,是高迪为他一生的挚友兼最大的资助人——实业家古埃尔伯爵设计建造的。在地下有21根石柱支撑起整座建筑。这不是普通的柱子,粗大的圆柱上部逐渐向四面伸展,相互组成拱形,形成了整座建筑的屋顶。大厅的圆形穹顶同样是这样的拱形,阳光从其间洒下。我想更仔细地看看建筑内部,但是必须要快点去屋顶了。

上到屋顶一看……哈哈,高迪果然很有趣!像蘑菇森林一样现代感十足的烟囱细长林立,正中间耸立着一座长着好多角的石塔,居高临下地,好像在向蘑菇们下达命令。与优雅美丽、功能性强的宅邸内部比起来,这屋顶简直就是另一个世界。就好像一个技术高超的专业人士,忽然就流露出温暖的、孩子般的天真无邪来。将其建造成形的人固然厉害,而认可高迪这一设计的出资人,无疑也是令人叹服的。眼前仿佛浮现出这样的情景:高迪和古埃尔站在这屋顶上轻轻笑着,俯瞰着巴塞罗那的街道。伟大的艺术家需要有与他梦想相同的赞助人。古埃尔拥有与高迪相同的艺术触觉,他是最理解高迪的人。

古埃尔公园的建造,最初也是出于两个人共同的理想,即"建造一个与自然相融合的田园都市"。虽然这里作为一处住宅并未得到世人的理解,但如今,很多人在这里休息。这里成为旅游资源,也是因为有高迪的才华和古埃尔的资金,才得以实现。高迪终生未婚。一天,高迪在去做弥撒的路上被电车撞倒,因他衣着太过寒酸,被误当成流浪汉,未能及时送医院救治,三天后就去世了。这样的结局实在令人唏嘘。

高迪的生命中能有古埃尔的存在,实在很幸运。

🐟 令人惊叹的萨格拉达·法米利亚大教堂

去萨格拉达·法米利亚大教堂那天，我是跟妹妹小枫一起坐公交车去的。虽然乘地铁会更加轻松，但我很想从地面上亲眼看到大教堂那高大的身影向我一点点迫近。我们先是费神研究该乘坐哪路车，又费力去找公交车站，然后为了在哪站下车又辛苦查询。在公交车上虽然没能看到大教堂，但下车后，按照指引走着走着……哇！太震撼了！数座直刺向天空的尖塔高耸矗立，显露出无与伦比的气魄，这是一种巨大的威严和力量。它是根据高迪"自然界没有直线"的理念，全部由曲线构成的。与其说这是一座教堂，不如说更像是一座鬼斧神工的巨大雕塑。建筑整体感觉非常庄严，但走近一看却发现……竟然如此可爱！

教堂的正面，在最下层啄食的是石鸟们，左边是鸭子，右边是鸡，坐镇中央的是火鸡。巨大的石龟支撑起萨格拉达大教堂。教堂入口处的墙壁上布满繁茂的常春藤，枝叶间有蜈蚣、蜘蛛、野蜂和吉丁虫等各种虫子。高处的柱子上有青蛙正要跃起，树木间还有白鸽像花朵一般绽放。正中央的凹陷处有圣母玛利亚像。耶稣才刚刚诞生，马儿在一旁正望向他。石雕中还有牧羊的孩子们和正在演奏的乐队。萨格拉达·法米利亚大教堂就是圣家族大教堂，高迪在建造它时不仅赋予它宗教的意义，更融入了他对地球的关爱之情。

进入教堂，形如树枝的柱子一直延伸到拱形的天花板上，教堂广阔的空间异常明亮。清新的装饰，细节颇具现代感，彩绘玻璃也极少有深色块。说真的，这让我略感失望。相比之下，我更喜欢庄严与可爱并存的教堂外观。不过，这种不平衡感，也许就是萨格拉达·法米利亚大教堂特有的魅力吧。

高迪离世的时候，圣家族大教堂的建造只完成了五分之一。当时，人们认为要完成所有的工程还需要100年的时间，但在巴塞罗那人的热切盼望和全世界的支援下，这座教堂将于2026年全部完工。还有10年！我能不能见到它完工之后的风姿呢。

🐟 漫步兰布拉斯大街

兰布拉斯,语源来自阿拉伯语"兰布拉",意思是水流。据说这条街道的地下曾经是流向古老市区的水路,水流的声音很像人的笑声。街如其名,兰布拉斯大街上人流往来不绝,热闹非凡。

兰布拉斯大街上的可爱甜品店

我第一次来巴塞罗那时,曾经住在能俯瞰这条大街的旅馆里,彻夜享受着人声喧嚣之乐。

在临近古埃尔故居的街角,我发现有一家可爱的甜品店,颇有品位。在一面弧形墙壁上密密麻麻贴着漂亮的瓷砖片,是店铺的招牌,上面写着"创于1820年,Escribá"。我不禁想到了瓦奇菲尔德(Watchifield)——我为达洋猫打造的神奇世界,是我于1976年创立的。这细碎的马赛克文字实在太可爱了,我决定在设计今年瓦奇菲尔德的主题时好好借鉴一下。在可爱的展示橱窗里,火车一般长长的奶油蛋糕上,挤满了草莓、无花果、甜瓜,奢华至极。这家店看起来很受欢迎,狭小的店里人多得转不过身来。为了不打扰店内营业,我走到店门外,隔着橱窗玻璃,把粉色小象速写下来。

巴塞罗那的治安不好,老城区更是重灾区,但近来巡逻的警察较多,让人比较安心。我在加泰罗尼亚广场目睹了一场追捕。一个衣着寒酸的男子抱着个大包,飞快地奔跑着,后面有一大群警察在追。一眨眼的工夫,逃跑者就连人带包被按倒在地,随后被戴上了手铐。

旅游城市巴塞罗那,驻扎有大量警察维护其治安秩序,不过,走夜路的时候还是要多加注意。与我同去的采访组在回住处的路上就被可疑的人纠缠,受了不小的惊吓。

广场附近有一眼"卡纳莱塔斯(Fuente de canaletas)之泉",传说喝一口这泉水,就能再来巴塞罗那。我喝了这不太起眼的、悄然伫立的泉水,我一定还能再来!

从兰布拉斯大街穿过加泰罗尼亚广场,就到了格拉西亚大道。走在新潮而艺术感爆棚的格拉西亚大道上,大量以曲线装饰的现代主义风格的建筑鳞次栉比,无比华丽。特别引人注目的就要数高迪的作品——巴特罗公寓。第一次去巴塞罗那时,最感动我的就是这座建筑。关于这座建筑的创作主题众说纷纭,但我最愿意接受的是"高迪深爱的地中海"之说。窗户的曲线是海上波涛,圆形的彩绘玻璃表示海浪溅起的水花。在晴朗的日子里,这里蓝光浮动,就像起伏的海面。不过,因其石柱像棒骨,阳台也像骸骨,这座建筑又被称为"骨之屋",阴天时望去,墙壁阴森,四处都是尸骸们幽幽怨恨的目光。因天气与心情的不同,观者的感受竟也随之变化,巴特罗公寓实在是一座不可思议的建筑。

圣荷西市场

"哇,太好玩了!"

虽说不管哪里的市场都很有趣,但位于兰布拉斯大街正中央的这个巨大的圣荷西市场,实在是太热闹了。这是一个室内市场,当地人称之为"波盖利亚",意思是"胃"。这里有切成小块出售的水果,有金枪鱼,从各种各样的蘑菇,到猪头、火腿……只是四处转转就非常开心,还可以试吃。我又想吃又想画。

画市场虽说有趣,但很花时间。今天我是跟采访组一起行动,所以时间有限。我看到一个色调很有西班牙感觉的铁皮罐,刚开始画,小枫就来叫我了。

"我发现了一个特可爱的鸡蛋店,你一定得画下来啊!"

果真!一座小小的木屋里密密麻麻摆满了一篮又一篮看起来很好吃的茶色鸡蛋,鸡蛋后面还有几只看似很悠闲的母鸡在看摊。

我一边画一边观察,发现拍照的人很多,却没有一个人买这家的鸡蛋。

看来,鸡蛋店的生意也不好做啊!

西班牙日

我到巴塞罗那的这天是 10 月 12 日,也就是发现美洲大陆的纪念日。航海家哥伦布在西班牙王室的资助下发现了美洲新大陆,因此这一天在西班牙也被称为"西班牙日(España Day)"。

"西班牙日那天,巴塞罗那有什么庆祝活动吗?"我在高铁列车(AVE)的餐车里遇到一位出生于加泰罗尼亚的人,热切地提出了这个问题。那个人对此嗤之以鼻,说:"我们加泰罗尼亚是不过西班牙日的,加泰罗尼亚跟西班牙不是一码事。"

以巴塞罗那为首府的加泰罗尼亚自治区,是个独立意识极强的地方。自古以来,这里是加泰罗尼亚与阿拉贡联合王国,在地中海贸易中获益颇丰,创立了黄金时代。之后虽一度衰落,但到 19 世纪时重又复兴,掀起了加泰罗尼亚维权运动的高潮。也难怪,这里有拥有两千年历史和个性的巴塞罗那,面积占西班牙的 6.3%,但 GDP 却贡献了四分之一,加泰罗尼亚人有骄傲的资本。据说直到现在加泰罗尼亚也没有放弃从西班牙王国中独立出来的愿望。

不过,当我又问"那么,西班牙日这一天,加泰罗尼亚不放假么?",对方非常干脆地回答道:"假当然得放呀。"

🐟 华丽的加泰罗尼亚音乐宫

我住宿的旅馆位于哥特区,离大教堂(Catedral)和圣若梅广场都很近,地理位置非常方便。在老城区颇具风情的狭窄老街上散步,是件愉快的事。历年反复涂刷的墙壁上的石头和灰泥,皆是已逝去的时代的颜色。探出的窗台上并排摆放的花盆里满是绿意,随风飘动的晾晒衣物、玩耍的孩子们穿着的红裤子,都给古老的建筑着上色彩,让整个街市充满生机活力。我们横穿莱埃塔纳大街,走到圣玛丽大教堂,从这里往加泰罗尼亚音乐宫走,但迷了路,一路都在找来找去。沿途有时尚的店铺和酒馆,还有不少写着"supermercado(超市)",但从小小的门口走进去一看,其实是巴掌大的小店。这种店到底是卖什么的?我走了进去,买了些口香糖之类的小东西。

终于到了音乐宫。入口处的瓷砖外墙,在深红色和低调的粉色这些温和的色调上加上了灿烂夺目的金色,非常非常华丽!

加泰罗尼亚音乐宫,是当年名气比高迪还大的建筑大师多梅内克·蒙塔内尔的最高杰作,也被认为是现代主义建筑作品中最美的一个。的确,它虽然没

有高迪作品的奇思妙想,但也不是简简单单的美。就拿可爱的售票处来说吧,质朴的石框上配有颜色漂亮的花卉纹样的瓷砖,里面是低矮的黑褐色木门,就好像小矮人住的房子一样。

我在咨询台预约了导游讲解,但是要到哪里去呢?

我往里面一走，看到已经有一大群人在等，于是我也混入其中。阳光透过排列富有韵律感的彩绘玻璃射进大厅，太美丽了！想要将其画下来的冲动不由自主地强烈涌现。一位女导游带着我们开始游览了，她不时地停下来讲解，但我根本就顾不上听。我一旦画起来，其他人不知何时就到其他地方去了。

小枫又来叫我了。我跟着她来到外面的露台……哇！全部是由不同的花卉拼成几何图形的瓷砖立柱，就如同精灵的森林般华丽地接连矗立。

音乐宫的主厅里，彩绘玻璃构成的穹顶细腻而美丽，令人炫目。从正下方向上看，看到的是照耀着碧蓝天空的太阳光辉，但从侧面看，中部下垂，仿佛马上就要有金色的水滴滴落下来。

舞台的红墙上，上半身为立体雕像、下半身饰以花朵的音乐家们探出身子，为世人演奏着无尽的旋律。

我现在正在思索自己的下一个作品主题——"剧场"，各种想法在头脑里转来转去。

我希望自己也能创作出不输给现代主义建筑大师的作品：繁复却有趣，细腻却富有张力，而且还很可爱。

🐟 乘缆车登上蒙锥克山

要想在巴塞罗那四处游览,我推荐购买一日乘车券(T-Dia)。不只是地铁,这个乘车券还可以不限次乘坐公交巴士、有轨电车、缆车(funicular)、加泰罗尼亚铁路以及西班牙国铁(RENFE)的近郊线,售价 7.6 欧元。只要买了这张乘车券,就省去了每次买票的麻烦,而且可以毫无顾虑地多次乘坐公交车。

如果是长期停留,或者是希望能够多人一起使用,那建议购买 Tarjeta diez,即十次券(T-10)。diez 的意思是数字 10,tarjeta 的意思是卡,例如信用卡就是 tarjeta de credit,这样记很方便。十次券售价 9.95 欧元。

上述各种交通工具中,缆车是不是很吸引你的目光?忍不住就想哼起《登山缆车》这首攀登火之山的歌。

我很想乘坐这个缆车登上蒙锥克山。可是太遗憾啦!这登山缆车其实就像是地铁的延续,是那种在隧道里通行的缆车,根本看不见外面的景色。无趣,登山缆车这个名字要哭了。我从帕尔克·蒙锥克山站下了缆车,换乘空中缆车登上了山顶。可是再一次感到遗憾,每年有 300 天晴朗的巴塞罗那,居然是灰色的天空,马上就要下雨的模样。

山顶高耸着蒙锥克城堡。说是城堡,其实并非王公居住的豪华城堡,而是镇守城市的一处要塞堡垒,是一座拥有四方形塔楼的四方形城堡。城堡里面还设有军事博物馆,炮台朝向大海。

从山顶俯瞰巴塞罗那。或许是天公垂怜吧,刹那间阳光从云中洒了下来。不过巴塞罗那市区还是一片灰暗,能看清的只有高高耸立的萨格拉达·法米利亚大教堂。港口对面是一望无际的地中海,在这里能更好地理解到:巴塞罗那是一座海洋城市。

如果是个大晴天,这景色该有多棒啊!

钢笔、水彩、水笔

我在旅行中经常携带的是彩色铅笔,这是我最常用的画具,不过这次的旅行中,水彩用得比较多。

勾线除了使用铅笔,我还会大量使用钢笔。钢笔的特点是一旦落笔就无法涂改,清清爽爽。

除了能调节线条粗细的钢笔之外,我主要用的是 0.4 的油性笔。描绘细节部分时,如果用 0.05 的,就会表现得更加柔软。提笔就画可以画出很有气势的画来,但如果觉得平衡很难把握,可以用铅笔打底,在涂色之前,再把铅笔线擦去。

我带的水彩颜料是罗尼(Rowney)18 色,还加上了一些自己喜欢的颜色。水彩盒只有 12×5 厘米,像化妆品一样小巧可爱。这套水彩又轻便,显色又好。带上自己喜欢的画具,热情就很高涨。

用水彩作画,就离不开水笔。我有时觉得水笔像个歪门邪道,但是一用来画画,就没有这回事了。水笔不需要墨水盂,用完后用布擦擦,一支笔可以用来画所有的颜色,比什么都快。速写就是需要画得快。不过,水笔和钢笔都有一个问题,就是如果太用力的话,笔尖很容易开裂,这是个难题。

下面这幅猫咪的画是用铅笔勾线后再用水彩上色的。铅笔的笔触也很柔和,让我很难舍弃。

加泰罗尼亚的圣地——蒙塞拉特

空出了半天时间,我和采访组不知道要去哪里,最后决定去旅行书中看到过的令人有些害怕的岩石山——蒙塞拉特山看看。

到蒙塞拉特山要先坐加泰罗尼亚铁路列车再换乘缆车,从巴塞罗那市中心出发全程需大约一个半小时。

"是那个吧?"我从车窗看到一座山体奇形怪状的石山在逐渐接近,乘缆车登山时山体不断向我们迫近,巨大的岩石震人心魄。山上有好几处教堂、拱门和十字架,这到底是怎么建的呀。

"这太令人惊讶了!"任何人看到这幅景象都会这样感叹吧?会由衷生出想要膜拜的心情。在超越人类想象的大自然面前,人类能做的只有惊叹和敬畏。被称为加泰罗尼亚圣地的蒙塞拉特山,自古以来就兴建有修道院,牧羊人在山洞里发现了黑色的圣母玛利亚像之后,很多信徒来这里巡礼敬拜。虽然在那之后加泰罗尼亚遭遇了入侵,加泰罗尼亚语一度被禁用,但据说只有在这里,始终都是用加泰罗尼亚语在圣母玛利亚像前举行祭祀仪式的。

我们去的这天天气不好,山里大雾弥漫,但也许正因如此,蒙塞拉特山看起来更加气势不凡。

同行的摄影师因天气原因未能拍到好照片,颇有些沮丧,但画画却毫无影响。我在绘画时因寒冷而颤抖的手指逐渐发力。

蒙塞拉特石山,曾经被瓦格纳用作歌剧舞台的背景,高迪也曾从中获得建筑设计的灵感。它不仅山势险峻,整座山的形状还酷似巨人并拢的手指,那种线条圆润的感觉,有些像高迪的风格。

蒙塞拉特山云气缭绕,据说高迪也曾受其影响,是座气势非凡的石山。

🐟 萨拉戈萨的皮拉尔圣母节

萨拉戈萨是阿拉贡自治区的首府，从巴塞罗那和马德里乘西班牙高铁（AVE）到这里都需要约一个半小时。高铁在乘车前要检查护照和行李，所以最好提前去车站。

我们去萨拉戈萨参加阿拉贡自治区最隆重的节日"皮拉尔节"。"皮拉尔"在西班牙语中是"柱子"的意思，起源于一个传说：古罗马时代，圣雅各布来到萨拉戈萨传教，在他面前的一根柱子上，圣母玛利亚显圣。节日一共持续10天，我们最想看的是灯火游行"Rosario de Cristal"，所以抵达萨拉戈萨时是午后时分。

萨拉戈萨的人十分友好，乘坐出租车时，司机跟我们聊天，告诉我们如何游览本地；到了旅馆，这里的工作人员也向我们介绍了很多关于节日的情况。还发生了一件事，充分体现了萨拉戈萨人的友好。第二天，我们去毕尔巴鄂，在火车站，我拿到车票后一转眼票就不见了。这可糟糕了！到底是在哪里弄丢的？我赶紧回到刚才喝茶的咖啡厅去找，十分忙碌的咖啡厅的人告诉我"车票

已交到服务台了"。我到了服务台,服务台的人告诉我"因为快开车了,已把车票交到检票口去了",我到月台上的检票口,工作人员笑眯眯地把车票递给我,问"是这个吗?",我连忙说"谢谢!",啊啊,太好了!遇到这种事的时候,会说西班牙语太好了。

庆典开始之前,我在萨拉戈萨的街上随意闲逛,看到有很多看起来很好吃的甜品店。

我来到皮拉尔圣母大教堂所在的皮拉尔广场,20万人献上的鲜花把圣母像祭坛堆成了一座花山。很多从周边城镇赶来参加节日的家庭都在教堂前休息。有一对小姐妹穿着民族风的披肩和裙子,实在是太可爱了,于是我开始画她们,觉察到的小姐姐一下子就摆了个姿势,像个小大人儿一样手叉腰,挺起胸,眼神像模特,长大后肯定是个西班牙美女。

夕阳西下,身着民族服装的人越来越多。他们披着缀有长流苏或细小蕾丝的披肩,配上颜色漂亮的裙子。男人们也都穿着很帅气的服装,显然他们对自己的样子也很满意。

我正画得起劲,忽然发现灯火游行似乎开始了,人们举着灯笼,人潮汹涌地在街上移动。节日终于开始啦!

萨拉戈萨的
灯火游行

10月13日，接近傍晚之时，穿着漂亮服装的人们出现在街头。
游行原定晚6点半从恺撒奥古斯丁剧场出发，但迟迟没有开始。

整齐划一的大大的手持灯笼被高高地举在半空,正中间是超大的彩绘玻璃花车,被拖动着缓缓行进而来。

凝聚着各自地域特色的彩绘花车闪耀着美丽的光,慢慢移动着。人们吟唱着曲调仿佛咏歌一样的赞美诗,歌声不绝于耳。与刚才的氛围完全不同,人们的表情庄严肃穆。我一边描绘着游行的场景,一边在心中深深感叹:这不是俗世喧嚣的节日,而是宗教仪式啊。

但是一直到节日结束的后半夜,旅馆的窗外一直都能听到奇怪的声音,沸腾的人声不断喧哗着。

噢,原来对萨拉戈萨的人来说,今夜果真是庆典。"祭祀"与"庆典",祈祷祝福的祭礼与尽情释放的时光,无论哪个国家,节日都是由这两部分组成的。

我也很想融入那快乐欢闹的人群中去,但今天画画时着了凉,好像有点感冒。我只好听着窗外那节日的余韵,老老实实地睡了。

🐟 菲格拉斯的达利剧场美术馆

提起西班牙的画家,有委拉斯凯兹、戈雅、格雷克等,灿若星河,其中我最喜欢的是毕加索和达利。我下一个作品的主题是剧场,出发之前我就决定要去达利剧场美术馆。

从巴塞罗那的桑次站乘火车到菲格拉斯需两小时。如果乘特快列车,用不了一个小时,但需要提前预订。这趟列车是开往马赛的特快列车,车厢里随处可听见人们在"喂喂"地说着法语。

到了菲格拉斯,在宾馆买好了第二天美术馆的门票后,我上街去随便走走。时尚的店特别多,这让我有点惊讶。第二天早晨挺冷的,但天气不错。在美术馆开馆前我就出门了,先给美术馆这个有趣的外观来个速写。我想把整个美术馆画在一幅画里,所以我画的时候把建筑物上方留白了。

粉色的建筑,上面立着鸡蛋,太可爱啦。墙上密密麻麻排列着很多东西,我以为是某种纹章,谁知竟是当地特产——三角面包!达利呀达利,可真有你的!

从明亮的中庭进入昏暗的室内,看到中间有一块圆

形的木地板，上面摆着一个红沙发。房间深处有个肤色的摆件，红色墙壁上挂着两幅画。我爬上楼顶放有骆驼的楼梯，从骆驼的肚子往下看……哎呀太不可思议了！我看到一位戴着面具、撅起红嘴唇的金发浓密的女人的脸装在画框中。这是以几十年前的女演员梅韦斯特为模特创作的立体错视画屋。

我不认为达利的画特别好，但我喜欢他对一切都要换个角度看一看的冒险心和探究心。我认为他是一个深入挖掘到了自身特色的人。达利曾说："能把天才演好的人，他本身就能成为天才。"这话说得真好！淋漓尽致地表达了达利的艺术表现方式和生活方式。

黑白色调的触感非常棒。领略到这一点，是我来这个美术馆最大的收获。头上顶着法棍面包骑自行车的大叔好可爱。他没有胡子，应该不是达利本人。这位大叔是用8块透明塑料板，调整不同的角度和大小描绘而成的，这些塑料板各自距离一定间隔，在一个框架中进行展示。它具有远近的距离感，观赏起来很有乐趣。

据说达利特别爱吃法棍面包，美术馆入口处的雕像们也都头顶法棍面包。于是我给达洋猫也顶上了法棍面包，即兴拼贴组合完成了前页的画。

可能是受到达利剧场美术馆的感染吧，菲格拉斯还有一个加泰罗尼亚玩具博物馆。二楼色彩丰富的小剧场是它的入口，里面还有很多玩具剧场。

舞台上有纵深的街道、人偶剧场等，很是热闹。人偶剧的人偶也有很多展示，真是让我大开眼界。双陆等玩具也很别致。欧洲的玩具就算成年人看了也会很喜欢。

DAYAN'S SKETCH TRAVEL BOOK
SPAIN/PORTUGAL

2

在塞维利亚学习西班牙语

2 在塞维利亚学习西班牙语

CLIC塞维利亚校区位于塞维利亚市中心，离努埃巴广场不远，周边有许多时尚店铺。我的寄宿家庭位于特里阿那区，到学校只需15分钟。开学第一天，我和另外一位寄宿在同一人家的巴西人玛尔塔一起去学校。

分级考试的时候，我一边答卷，一边感慨：多亏自己在日本提前学了一些！因为一上来全都是西班牙语。考试结果出来，我是新手级。学校很快就把学生编成不同的班级，同班的都是西班牙语水平接近的人。教室环境简朴至极，由唯一的一位美女老师授课，还算有些乐趣，只是每天堆积成山的家庭作业实在很令人痛苦。再加上每天课堂上老师都要抽查前一天新学的单词，被抽到的人必须讲解，于是我把新单词写在单词本上，每天上学路上都背单词。放学后我要去街上速写，回到寄宿家庭后还要吭哧吭哧写家庭作业，一整天下来忙得不可开交。

我逐渐适应了略感沉闷的课堂，在日本学西班牙语时就一直想试试说"Vamos a comer juntos（咱们一起去吃饭吧）"，于是我说了这句，邀请班里的中国同学易斌一起去吃午饭。易斌说自己在北京上了两个月的西班牙语班，一周五天全天授课，想上西班牙的大学。大家都很喜欢西班牙，这是共通的。澳大利亚的同学海伦说，自己学西班牙语的目的是"找个西班牙男友，在西班牙生活"，后来我在附近的阳台画画时，突然看到海伦与男友在一起。

这不是目标已经达成了嘛！

第二个星期，班里来了三名新同学。大家都能很好地用西班牙语打招呼，老师指着我们对新同学说："这些人上个星期还一点儿也不会说呢！"

最后结业时我拿到的成绩单综合评分是A。突然被命令各种死记硬背，我的脑袋里面似乎一直都很慌乱，但上学真的既新鲜又有趣！

🐟 我寄宿的陶瓷艺术之家

出租车驶过伊莎贝尔二世桥，开进一条热闹、充满活力的狭窄小街里。"应该就是这附近吧？"司机自言自语地说，"12、11、10……啊，就是这儿！""哇，好棒！"真的是这里？一座三层的建筑，看上去很古老，装饰感强，独具风格。

"O-LA（你好）！"我还没敲门，门就开了，一位男士走了出来。他轻轻提起很重的行李箱，登上了楼梯。很暗的楼梯边装饰着花瓶，墙上挂着好多瓷砖画。果然如我要求的那样，我寄宿在了一位塞拉米卡艺术家（陶瓷制作家）的家里。

全家人聚集在二楼宽敞的起居室里。男主人卡布里埃尔看上去质朴寡言，他所做的瓷砖画线条细腻，色彩美丽。开朗的女主人比亚托丽斯主持家务之余也从事陶瓷的创作。还有高中女生亚利桑德拉和男孩小卡布里埃尔。

本来听说是艺术家的家而感到的一抹不安，随即就消散了。他们丝毫没有

　艺术家的架子,只是选择了陶瓷当作工作内容,以此生活而已。亚利桑德拉和小卡布里埃尔为我表演了精彩的钢琴四手联弹,"这首曲子是塞维利亚的舞曲",比亚托丽斯说着,用响板在一旁娴熟地伴奏。不愧是艺术家啊。

　　三楼是餐厅,连着屋顶。明亮的阳光洒在身上,好舒服。"要不要午餐也在家里吃呢?"比亚托丽斯问我。之前我考虑到外出时间较多,只申请了在家里吃早餐。

　　"放学回来吃过午餐,午休之后再出去,时间也够的。"

　　是哦,一天时间很长的。人生也很长。突然就有了这样的心情。

　　第二个星期我本打算住在工作室的,也改了计划,决定一直待在比亚托丽斯家里。这样一来我不仅完全学会了西班牙的家常菜,也免去了独自一人吃饭的寂寞。遇到下午我想长时间写生的时候,把午餐改为晚餐也没问题。但是晚上10点以后吃晚餐,对我来说算是相当晚了,有时候还好,有时会饿得受不了。"日本人真显年轻啊,而且也不胖。为什么呀?是食物的原因吧?"比亚托丽斯这样问我。我心里隐约觉得,西班牙人发胖的原因,怕是晚餐吃得太晚了吧。

但是比亚托丽斯深信是食物的原因，她说"请做寿司吧"，就买回了寿司DIY工具箱。"星期四咱们吃寿司，放了学就赶紧回来哦！"于是我去了附近的特里阿那市场选鱼。比亚托丽斯认定日本人都是寿司专家，她两眼放光地崇拜着我，完全相信我的选择眼光。我冒冷汗了。"你告诉店家这鱼是要生吃的哦"，只有这个我还是知道的，问题是我对做饭毫无信心啊！当然鱼我还是从超市买回来了，可我头已经大了。我买了好多金枪鱼，买了旗鱼，买了不知道是什么鱼，还买了三文鱼，由于比亚托丽斯很想吃，我还买了虾。到底要做多少人吃的？

放学回家后得先做米饭。我没用锅做过米饭，心很慌，但把米泡在水里的工夫，上网一查……哎呀，很方便嘛。米饭的做法，寿司醋的搅拌方法，都查到了。

没想到用锅做米饭这么快，还这么好吃！倒入寿司醋拌匀，还真是像模像样的寿司饭哦！切鱼的时候，刀受了不少罪，但鱼总算被切开了。我把寿司饭晾凉，打算尝试做做手握寿司。

手握寿司成功了！味道好吃到哭。我还用寿司工具箱中的竹帘做了寿司卷。西班牙这边好像更流行吃寿司卷，在旁边观看的比亚托丽斯也做了寿司卷，而且做得相当漂亮。显然她对自己的作品也很满意，咔嚓咔嚓不停地拍照。只是家里其他几个人对寿司不太感冒，于是我和比亚托丽斯，再加上住在她家的另一个美国留学生杰克，三个人风卷残云，吃得好饱啊！有点累了……不过，确实是心满意足。

比亚托丽斯的家里虽然舒适，但让我感到生活方式不同的是卫浴间。为什么不让它更好用呢？二楼的卫生间是和淋浴在一起的，徒占很大的空间。究竟是光着脚进，还是穿着鞋进，没有明确的规定，卫浴间的地面很脏。而且，也没有设置干湿区分隔，所以洗完淋浴都不知道怎么办好。要是一直住在这里，我希望至少能有个地垫。三楼倒是有一个干净的浴缸，我提出"想泡澡"，结果得到的答复是"那浴缸没有塞子呢"。

陶瓷工坊与店面是连在一起的,墙上、店里摆着很多商品。我想为自己明年的商品找一些灵感,原本就打算在西班牙多看些艺术瓷砖,现在可真是太好了,足不出户就能看个够。从彩绘到上窑烧制,都是在工坊里完成的,我决定也尝试做一下。午餐后是午休时间,下午的工作从傍晚5点开始。

我从来不知道午休有这般好处。"15分钟就行。稍微躺一下,闭上眼睛休息,只是这样活力就会涌现出来了。"我跟他们学着午休,竟然睡得很香。

工坊宽阔的大桌案上摆放着许许多多的颜料,都装在一次性的杯子里。用水把Oscuro(深色)兑开,就制成了Claro(浅色)。把砖色的瓷砖泡在白色的液体里再晾干,准备工作就算做好了。起稿使用的颜料是特别鲜艳的橙色,但入窑一烧就会消失。还有很多笔插在笔筒里。

那么,画点什么好呢?瓷砖四周边缘处,我使用了传统的纹样。用不同的画材和表现手法来创作属于自己的作品,真是一件开心的事。哎?上色不准啊,比想象的要难。我完全忘记了时间的流逝,只知埋头苦干。成品会是什么样呢?从烧制到冷却,至少要一天的时间。据说入窑一烧颜色就会骤变,好期待明天啊!

烧完之后,瓷砖上深蓝色的地方出现了不少颗粒,所以我又重涂了一次。要想涂均匀可真难啊。有一块瓷砖是受人之托,用来当作《MOOK》(意林杂志)送给读者的礼物,所以我另外又画了一块。画彩绘我觉得熟练了一些。我对自己的这两幅作品都很满意。

摄影 马场经惟

橘子香的塞维利亚

塞维利亚道路两边的树几乎都是橘子树。到底是谁想出来的？真是个很棒的主意。走在街上，橘子树一眼望不到头，黄色和绿色的果实累累，我的心也雀跃不已。走过横跨瓜达尔基维尔河的桥，感觉太阳离地球好近。都已经过了10月，但穿着短袖仍觉得热。强烈的阳光下，桥旁的教堂闪闪发亮，深蓝色与金色交织，美得令人心动。于是我在画塞维利亚的象征——橘子树和吉拉尔达塔的时候，使用了这两种颜色。

塞维利亚就是塞维加。罗西尼作曲的歌剧《塞维利亚的理发师》在日本可谓家喻户晓,但到了这里,本地人并不知道"塞维利亚"。西班牙语的发音是"塞维加",顺便说,西班牙海鲜饭"帕埃利亚"的西班牙语发音也是"帕埃加"。我很喜欢"ll"这种两个l并列挨在一起发出JA、JU、JO的发音。下雨叫"JUBIA",街道叫"KA JE",是不是很好听?

塞维利亚是安达卢西亚的首府,也是弗拉明戈舞的发祥地。安达卢西亚与非洲之间只隔着一条直布罗陀海峡,于是飘散着一丝阿拉伯的异国情调。这里有着独特的街道、阳光、性格爽朗的人们。塞维利亚是交通枢纽城市,从这里出发,乘火车和巴士,能去往安达卢西亚自治区的各个地方。安达卢西亚是我神往之地,这次能在塞维利亚长时间逗留,实现了我"在安达卢西亚生活一段时间"的梦想。

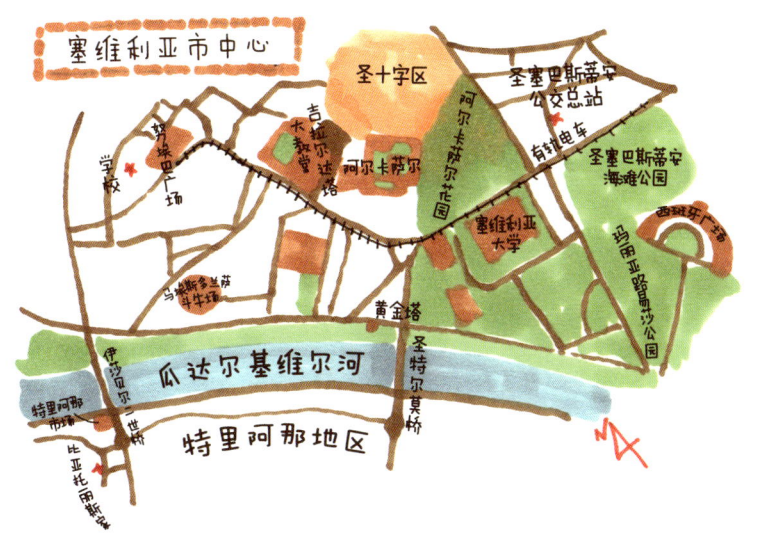

伊斯兰文化遗存——吉拉尔达塔与阿尔卡萨尔

塞维利亚历史上被伊斯兰国家占领的时间长达500年,因此这里有许多阿拉伯文化遗存。无论是建筑还是街上能见到的外墙瓷砖,都有其独特的烦琐和细密,但又透着凛然气势。其代表作就是吉拉尔达塔。此塔建于12世纪,建成之初本是清真寺的尖塔,当时的阿拉伯装饰图案壁画至今仍保留完好。吉拉尔达塔是塞维利亚的象征,在塞维利亚的任何一个角落都能看到它。前往高塔并没有台阶,只有螺旋状的坡道。据说在伊斯兰时代,通报祈祷时间的人是骑着驴上去的。

登上塔顶钟楼极目远眺,景色真好!从这里能清楚地看到塞维利亚的市区其实并不大。建筑物的高度大致相同,看起来赏心悦目。白色尤其显眼,这也是安达卢西亚的地方特色吧!瓜达尔基维尔河也泛着白光,错综的街道好像迷宫一般。

旁边就是大教堂。这座教堂是在原来清真寺的旧址上修建的,教堂很大,大到要环绕一圈也不是件容易的事。这座教堂是根据议会全体一致通过的一项决议建造的:要建造一座让后世认为是鬼斧神工的大教堂。于是这座教堂,无论是穹顶还是柱子,都大到出奇,且毫无章法。想来,是在收复失地运动(基督徒从伊斯兰手中收复失地的一系列战争)中取得胜利的基督徒们狂喜之下的产物吧。

这里可看的东西太多了,以至于我有点头晕眼花,于是我走到外面的庭院。这庭院也有个很棒的名字,叫作"橙之庭"。从庭院里仰望到的吉拉尔达塔很酷。为了向塞维利亚表示敬意,就画橘子树和塔吧!我坐在喷水池边开始绘画。炽烈的阳光烤在后背上,火烧火燎的。不过,速写的好处就是能让我精神集中,注意力全都放在对象物上。塔顶有一座象征着"信仰胜利"的青铜女人雕像,正从天际线俯瞰着塞维利亚。她手中拿着盾牌和棕榈,会随风转动,能让大家判明风向,据说因此才被称为"吉拉尔达(意为'风向标')"塔。我被太阳晒透了,但却画出了这幅看上去很清凉的不错的画。

城墙的顶上有尖刺，墙壁为赭红色，拱形城门上站着的狮子让我非常喜爱，印象深刻。我在老城区街上散步时，看到它曾想过"这是什么呀？"，直到我来到阿尔卡萨尔城堡，才知道这就是狮子之门，是王宫的入口。阿尔卡萨尔，是身为基督教徒的国王们在伊斯兰时代所建城堡的基础上改建而成的。其中，沉迷于伊斯兰文化的佩德罗一世，从西班牙各地召集瓷砖工匠，建造了这座酷似格拉纳达的阿尔汉布拉宫的宫殿。佩德罗一世身着伊斯兰服装，下令宫中要说阿拉伯语。青池保子女士曾以佩德罗一世为主人公创作了漫画"阿尔卡萨尔"，回头我要找来看看。伊斯兰教与基督教的建筑样式融合而成西班牙独有的穆德哈尔式建筑，阿尔卡萨尔就是其代表杰作。只是我对画这种巨大的建筑物不太擅长，难以下笔。

我早早地就来到庭院里，感觉好舒畅。其实我这次来参观阿尔卡萨尔，完全是因为被这里的庭院所吸引。宽敞的庭院完全被绿色填满了，好像一个用树木植成的迷宫。四处可见水流，水从千姿百态的喷泉中滴落或是喷射而出。地面上零星装饰的瓷砖上，图案舒缓柔和，令人心旷神怡。哇！有只孔雀！我本想把开屏的孔雀也画入我的画中，但它一下子就收起了尾巴，太遗憾了。唉，算了。我把狮子和水组合在一起，这个可爱的瓷砖和椰子树也很般配呢。嗯，隔着茂盛的树木，还能看到吉拉尔达塔……我坐在嵌着漂亮瓷砖的长椅上，正在专注地绘画时，就听见有人"欧啦！""欧啦！"地连连呼唤。"这一定是爸爸在叫儿子。大概是孩子玩得太入迷了，怎么也不肯回来吧？"我正暗暗这样想，却发现呼唤声离我越来越近。"欧啦！！"呼唤声变得急躁起来。嗯？"乔（我）？"我问道。"西，塞拉多（是的！我们要关门了！）"对方回答道。我赶紧收拾东西，急急忙忙往外走，却发现自己迷失在迷宫一般的庭院小径和宫殿之间，好不容易找到狮子之门走了出来，才松了一大口气。

欢乐的圣十字区

分布于阿尔卡萨尔以北的圣十字区，曾经是犹太人集中居住的老城区。犹太人被放逐之后，贵族和有钱人住了进来。阳台上花团锦簇，花盆中的绿植与道路两旁的橘子树映衬在白色和黄色的墙上，透着清凉之感。

建筑物外表涂为白色，使其反射炽烈的阳光，人们在防暑降温方面可谓下足了功夫。街巷狭窄，窗户很小，这也都是为了防止阳光直射室内而设计的。小巷的地面以细小的石砖铺砌而成，走到尽头，突然出现一个小小的广场。外观时尚的餐馆在店外街边摆了桌子，人们一边喝酒，一边兴奋地交谈。有出售塞维利亚陶瓷的店铺，陶瓷色彩丰富，绘着各种几何图案。还有出售明信片的店铺，店内以画装饰。土特产店也把货品摆到了小巷中，店员在大声叫卖。在这条街上，即使看地图，也搞不清楚自己的所在位置。我也无所谓。我在一个喷泉广场的咖啡馆喝茶时，有拉客的人来到我的桌前："这位夫人，要不要去看弗拉明戈舞？""啊？在哪里？""就在这个店的地下呀。""啊？这么棒！"我立刻决定去看。

这里没有酒和食物,场地也不算大,观众席就是围着舞台摆了两圈椅子,舞台与观众席之间的距离近得让人惊讶。主持人路易斯能歌善舞,非常性感。他不是那种瘦弱的漂亮小伙子,而是面部有肌肉感,五官很有个性,是个能让人感受到人生的家伙啊。路易斯拍打着手掌,拖长了声音引吭高歌;舞娘翻卷着玫瑰色的长裙,用力踢踏着地板舞动着;还有大胡子吉他手伴奏。

画弗拉明戈舞很有意思。我全身都被弗拉明戈激荡着,很有气势地下笔,接连不断地画着。路易斯发现了我的画,他用西班牙语大叫着"真棒!我还是挺帅的嘛!"我看他这么喜欢,索性把这幅画送给了他。弗拉明戈舞,我在马德里时也观看过,但果然还是正宗的最棒。

努埃巴广场附近的小酒馆

放学后心情很好时,我会在学校附近四处溜达。哇,这一带很棒!时尚的精品店鳞次栉比,看到好多的新品牌,超级开心。也不打算买什么,但就这么看看,也很快乐。还有很多各具特色的小酒馆,随便找一家吃个午餐吧。挑选酒馆很困难,我发觉,越有特色的地方,就越容易被当成傻瓜看待。

唉,算了,最后我在一家墙上挂着火腿肉的酒馆桌边坐下来,一边喝塞尔维萨(啤酒),一边用我喜欢的细头笔画速写。

雨后黄昏。于努埃巴广场附近。

🐟 特里阿那区的落日余晖

从伊莎贝尔二世桥跨越瓜达尔基维尔河,就是塞维利亚的市民街区——特里阿那区。从桥上远眺,能看到吉拉尔达塔、大教堂,以及另一边的黄金塔,景色绝佳。沿河修成了观光步道,清风拂过,树木飒飒而鸣,令人心情好得不得了。

最美的还是黄昏之时。桥上的街灯亮起,天空中色彩瞬息万变,美不胜收。大航海时代,激情昂扬的冒险家们就是沿此河出海的。伊达政宗派遣的支仓常长访欧日本使节团,也是从大西洋沿此河溯流而上,在塞维利亚下船登岸的。

特里阿那,昔日因航海家和陶瓷工匠街而闻名。圣豪尔街至今仍是陶瓷店铺一条街,我寄宿的人家,就位于从圣豪尔街拐进去的安提加诺小巷里。比亚托丽斯的家,她的邻居家,以及邻居的邻居家,都是陶瓷店,来此漫步的游客也很多。遗憾的是,看上去生意并不太好,有的店铺并未开门。比亚托丽斯的店铺也不怎么开门,她说"反正来旅游的人也几乎不买东西",他们似乎主要是接订单来工作的。卡布里埃尔患了结石病,不得不去医院治疗,比亚托丽斯夜里还在工作。可是她说"反正我有的是精力",丝毫未见困顿之态。

我的房间在二楼,带一个小阳台,正对着小巷。夜里11点多了,还能听见窗下有随风飘来的说话声和哼唱声。我一边写作业,一边听着西班牙语,觉得自己好像一直在这里生活一样。

啊,有只猫咪进到我房间里来了。比亚托丽斯家里养了7只猫和两条狗,所有的房间它们都可以自由出入。这一点我也相当喜欢。

黄昏时分的格兰德河

眺望着黄金塔的猫咪们

🐟 去学弗拉明戈舞

"你喜欢猫的话,附近有个地方,有好多猫呢!"听说这个消息后,我在傍晚时分出了门。据说有一位喜欢猫的大叔每天在这里喂猫。

哇,真的耶!院墙上"猫头攒动",好多只眼睛盯着我。太可爱了!

特里阿那地区猫确实很多,河边也有好多猫。我刚刚开始画聚集在柳树下的猫咪,却听见从某处传来弗拉明戈"当嗒当、当"的踏步声,还听到了吉他乐声和歌声。

最正宗的弗拉明戈舞就在塞维利亚,其中特里阿那对弗拉明戈舞来说是很重要的地区,也可以说是正宗中的正宗。

"晶子,咱们一起去看弗拉明戈舞的练习吧?"比亚托丽斯邀我一起去了一家弗拉明戈学校。"当~嗒嗒嗒嗒~嗒"。"要用心用自己的灵魂去跳!"挺胸,耸肩,不管腿上动作多大,必须保持上半身不动。全身连指尖都绷紧,很像是要打响指、但在打之前瞬间停下来的样子。凛然的姿态、痛苦的表情、皱紧的眉头,看着正在练舞的那些人,我激动得浑身战栗。有趣的是我发现比亚托丽斯也频频地摩拳擦掌,看来弗拉明戈舞的感染力,对哪个国家的人都是一样的。结果,我们俩跟打了鸡血似的,立刻报了第二天的一小时课程。我这么兴奋也就罢了,可为什么连比亚托丽斯也是这个样子?她不是在跳一种叫"塞维加纳斯"的舞么?哎,算了,我一直想学弗拉明戈舞,这回终于如愿以偿了。

一个班十来个学生,基本上都是女性,不过彻头彻尾的初学者就我们俩。男老师的弗拉明戈功底很是了得,看他跳舞,就好像是"以腰为中心,把身体的各个部位先甩出去再收回来",真的很酷,而且他是边唱边跳的。他能一边一口气唱个不停一边做出哥萨克舞那种脚尖与脚踝快速撞击变换的高难度动作,而且那么轻松自如!这是我跳弗拉明戈舞的第一个小时,但老师要求我们把动作很难的一曲都跳下来,我根本跟不上。

教室的一角,吉他琴师坐在椅子上弹着吉他,非常认真。民谣曲调旋律哀伤,但不知为什么,这曲调跟舞者的踢踏声正好相合。如此出色的踢踏声!这才是弗拉明戈之魂!我的平底鞋发不出声音,只有发出声音才是弗拉明戈。穿不了高跟鞋的人,是没有资格跳弗拉明戈舞的。哎,等一下!翁布莱(男)穿的靴子能发出很棒的声音,可并没有鞋跟。不过,男人和女人不一样啊!

我要是再年轻20岁,回日本后也要坚持跳弗拉明戈舞。哎,没办法,享受当下吧。比我年轻大约20岁的比亚托丽斯报了一个正式的学习班,第二天去买了舞鞋。

在酒馆里跳弗拉明戈舞

"我知道一个有弗拉明戈舞的店,走,一起去喝一杯!"比亚托丽斯拉着我,在这天挺晚的时候,去了离家不远的一家酒馆。店前有个手写着"弗拉明戈"的招牌。店里有好多照片,内装简陋,门槛很低。有个拍打着箱子一样的乐器的男人,与男歌手、男吉他手组成了三人乐队。歌唱得实在是好。中间换了个人,可能是个客人,也开始唱了起来。啊,这就是卡拉 OK 夜总会吧?几个男人都比较胖,场面谈不上美,但我真是开心,就开始画了起来。"来啊,一起跳啊!"比亚托丽斯在叫我。可以吗?不是弗拉明戈也行吗?好像可以。然后,然后我就什么都不记得了。

第二天,比亚托丽斯把昨晚在酒馆里拍的照片和视频拿给我看,"晶子,你在那个店里现在可是名人了!"我一点都不记得了,但是视频里我却像傻瓜一样跳着,转着。幸亏是和比亚托丽斯一起去的,我再也不干这种事了。

西班牙的女人有点吓人,
但好男人还是挺多的。

骑自行车去西班牙广场

今天是星期天。我有一整天的时间，就去借了辆自行车，6个小时10欧元。自行车真好啊！还可以把随身物品放在车筐里。我顺着河岸下到河边，迎风向前骑着，好舒服。真想一直沿着这条路这样骑下去，可惜骑到中途，河边的路就到头了。从雕刻精美的塞维利亚大学正门穿过，眼前出现一座建筑，这里曾是皇家烟厂，也是梅里美作品《卡门》中的原型地。我工作时播放的音乐中，最喜欢的就是比才的《卡门组曲》。这乐曲能让人士气高涨，有着一种"来吧，开工！"的氛围。

我的目的地是绿意盈盈的玛丽亚路易莎公园中的西班牙广场。广场的半圆形回廊上摆放着一排瓷砖长椅，长椅上的瓷砖图案是西班牙48个省的风景（西班牙实际一共有50个省。——编者注），十分壮观。尽管如此，略显繁复。

正中间是当地最具代表性的故事,两边是当地的风景。装饰的柱子上也遍布花纹图案。走走看看,虽然挺有意思的,但我并不想把它画下来。

我坐在长椅上,开始画一块镶在地面上的图案柔和的瓷砖。正画着,只听见有人说"Bonito!(好漂亮)",一位年轻男子在我旁边坐了下来。"啊",我正专注地画画,以为他是在夸我,原来是在夸我的画。当然是这样啊。"Bonito"是一句流行语,弗拉明戈里也会唱到,人们经常说。嗯,我指的也是画。

不过,自己的画被一位英俊的年轻人夸奖,我还是很开心的,因为没能画出满意的画,我正有点情绪低落。我很想对他说"情绪低落的时候听到您这样说,真是很开心",可惜以我的西班牙语水平说不出来。见面打个招呼和日常会话还凑合,但要描述心情,这可太难了。这一点也是我情绪低落的原因之一。我多希望自己的西班牙语能说得再好些啊!

🐟 去阿拉塞纳镇和马尔维加斯窟郊游

　　我决定参加学校组织的一日郊游。集合时间是9点，但天还没完全亮。巴士离开市中心，向郊外驶去。与城市中的绿意盎然截然不同的是，郊外一片米黄色。这让我觉得市区好像是沙漠绿洲。山羊、橄榄，牛、橄榄。一片接一片的橄榄园。

　　离塞维利亚90公里的阿拉塞纳镇位于阿拉塞纳山的环抱之中。这里的特产之一是伊比利亚黑猪，从到达的广场就可以看到可爱的小猪风向标。

　　我以为去洞窟游览还得坐景区巴士，没想到入口就在旁边。这是一个石灰岩钟乳洞，里面相当宽阔，装满了大量的水。洞里有个蓝色的美丽的湖，令人陶醉。高高耸立的石柱，能一直潜到底的岔洞，这钟乳洞仿佛建于地下的一座城镇，我玩得好开心。

　　钟乳洞所在的山丘上有一座城堡。走在城堡内的散步道上，能一眼望到远处的群山、田园风光、街街相连的红色屋顶和白色墙壁。在这么高的地方竟然也有教堂。西班牙人的虔诚，尤其是他们对圣母玛利亚的信仰，令人惊异。在塞维利亚，我看到很多画着流泪的圣母玛利亚的画。不过，他们去教堂时，与其说是虔诚，不如说是带着一种欢喜的心情。这种轻松的感觉，与日本的"八百万神"颇有相似之处。

　　中午有两个小时的自由活动时间，我跟来自不同国家的几个人一起吃了午餐。伊比利亚黑猪火腿，还有也是当地特产的菌菇料理，都超级好吃。

　　下午是真正的郊游了，我们沿着平缓的山路不停地走着。到邻镇要走4.6公里。一路上我看到了驴，看到了栗子树。眼前的风景与日本长野县一带几乎无异。有很多栗子掉落在地上。据说，伊比利亚黑猪是用栗子喂养的，因此才有了阿拉塞纳的著名特产——色泽如红宝石般的伊利比亚火腿。

Gruta Maravillas
好棒!!
ARACENA

名特产是伊比利亚火腿
好吃!!

阿拉塞纳,是个山上坐落着城堡和教堂的
白色小镇。从那里步行4.6公里就到了里耶莱斯
小镇,我已经气喘吁吁了。

COLUMN

西班牙番茄冷汤（Gazpacho）与西班牙冷菜汤（Salmorejo）

我一直以为西班牙番茄冷汤（Gazpacho）是起源于安达卢西亚地区的冷番茄汤，但据说，早期的西班牙番茄冷汤只是用面包、大蒜、盐、橄榄油、醋和水制成的，进入19世纪后才开始加入西红柿、黄瓜、青椒等。想象一下，不放西红柿的西班牙番茄冷汤是什么样？没了西红柿的红色，恐怕看上去就不那么美味了。

下图中的食谱由比亚托丽斯原创。我在 CLIC 上课的最后一天，全班同学分成两组，分别做了西班牙冷菜汤和西班牙番茄冷汤。两者的区别就在于，西班牙冷菜汤里面的蔬菜只有西红柿，西班牙番茄冷汤里面除了西红柿外，还有青椒和黄瓜。其他制作步骤都一样，把全部食材放进搅拌机里打碎，做起来很容易的。这两种食谱我都能用西班牙语写出来哦，如果让我看笔记本的话。

DAYAN'S SKETCH TRAVEL BOOK
SPAIN/PORTUGAL

3

安达卢西亚的
白色小镇

3 安达卢西亚的白色小镇

🐟 最古老的海洋城市加迪斯

从塞维利亚乘巴士,用不了两个小时,过一座大桥之后就看见了一座城市。"那就是加迪斯?"我向邻座的大叔打听。他告诉了我好多好多,不过我只能听懂一半左右:"加迪斯不是岛,是半岛。""加迪斯是欧洲最古老的城市之一。"

相对于被称为"阳光海岸"的地中海沿岸来说,直布罗陀海峡的这一边,面向大西洋的海岸被称为"月光海岸",加迪斯就在这里。加迪斯的巴士和火车的车站都远离老城区。

由于汽车无法驶入石砖铺就的小巷,餐馆们理直气壮地把生意做到了店外,占据了大部分的道路,虾和贻贝堆满到盘子都盛不下了,盛满豪华海鲜大餐的盘子也满得快连桌子都放不下了。

我一边斜眼看着,一边脚步不停地朝前走着。

一直走到位于半岛最尖端的要塞——直插入海的圣塞巴斯蒂安城堡,在这里画海。

海风呼啸,能看到远处的加迪斯城镇。四周只有大海和天空,海天相连。

🐟 位于美丽山谷中的小镇龙达

哇,早晨就开始下大雨。从温馨舒适的帕拉多酒店的阳台望去,笼罩在烟雨之中的平原远处,是灰色连绵的山。荒凉的安达卢西亚的大地上,突如其来屹立起一个小镇,这就是龙达。

龙达是一座不平凡的小镇。在这荒凉的山区,据说直到20世纪上半叶还有强盗出没,龙达甚至有一座"强盗博物馆"。龙达城位于海拔750米的断崖之上,被纵深的峡谷分成两半,努埃博桥(新桥)连接起老城区和新城区,帕拉多酒店就位于大桥的旁边,位置绝佳。

帕拉多是西班牙国营酒店集团,其特色是将王公贵族们的城堡等历史古建筑改造为一流酒店。龙达帕拉多酒店是由曾经的市政厅改造而成,从这里远眺,景色无与伦比。雨渐渐小了,我走出酒店四处看看。

站在100米高的努埃博大桥上往下看,又是另一番令人惊叹的景色!

360度断崖全景!我看到瓜达莱温河形成一道瀑布,气势磅礴地飞流而下。

老城区有一条从崖顶下去的路。沿此路下行,可从下方仰望这壮观的断崖。雨停了,脚下泥泞湿滑,走到山谷的一半,已经是尽头,不能再继续走下去了。我坐下来,仰望大桥。

真是太壮观了!历时40年建成的努埃博大桥就很宏伟了,而自然形成的这巨大断崖的支撑梁柱更是壮观!在这样的断崖上居然有一座城市,简直令人难以置信。

龙达从早上就开始下大雨
我在帕拉多的阳台上喝咖啡

上面河还在的地方,下面的建筑就是帕拉多酒店。

这样的地方,上面竟然有城镇,太令人吃惊了!

东·波司克故居的庭院里有漂亮的瓷砖和吐水青蛙

老城区和新城区

　　位于悬崖峭壁上的龙达似乎只有鬼才会住，但历史上却曾经住过各种各样的人，先是罗马军队、伊斯兰教徒，后来是天主教王朝。这是因为，这样很难被入侵的地方会成为天然的要塞。地中海沿岸有很多令人吃惊的城市，会让人想问"为什么要特意在这里建城？"，这十分有趣。虽说如此，但四处走走却发现无论哪里都很宜居，魅力四射。龙达也是如此。深谷两侧高台上的老城区和新城区，有着完全不同的面貌，各有千秋。

　　从努埃博大桥一进入老城区，就可看到有一面墙，上面镶嵌了瓷砖做成的龙达市区的巨大鸟瞰图。从这幅图，能清楚地了解被断崖分开的城区全貌。橙色的山崖之上有两片白色的街区，美得令人屏住呼吸。西班牙的瓷砖真的太漂亮了，简直是城市的美术馆。到处都是石板铺就的陡坡。老城区里，小路延伸到各处，阳台和门户都还残留有伊斯兰风韵。天主教神职人员东·波司克故居的庭院里景致很好，我在东屋里避雨，稍作休息。院里有青蛙造型的喷泉，非常可爱。古朴的铺路石与黄色蓝色的瓷砖非常和谐。我把这个配色也画进我的画里去了！

帕拉多酒店价格不菲，随后几天，我移住到老城区一家有着怀旧风情的旅馆里。里面有一部乍一看根本看不出来的老电梯，就好像电影里的一样，没想到这家旅馆的主人真的是老电影爱好者，旅馆里甚至还有一间观影室，放映的全都是《卡萨布兰卡》之类的老电影。我跟店主用西班牙语攀谈："你知道哪家店能喝到好喝的西班牙香蒜汤吗？"他告诉我说"有个朋友开的店，不过在新城区"。西班牙香蒜汤是在我和朋友借的西班牙游记中读到的，很想亲口尝一次。

老城区中非常可爱的大门

总算找到了店主说的索科罗广场的小酒馆，可是，开门时间是8点，现在才6点。没关系，新城区比我想的要大很多，有很多时尚的小店，于是我决定先去转一转。等我回到索科罗广场时，太好了，开门了！在小酒馆简单易懂的菜单上，我看到了西班牙香蒜汤。

嗯，太好喝了！汤的口味很像日本的洋葱奶汁烤干酪汤，一入口，蒜香就在嘴里蔓延开来，一直暖到五脏六腑。凤尾鱼西红柿吐司，还有炸蘑菇，都很好吃。我一边说着"好吃"，一边与来酒馆用餐的一家人相视而笑。大家都很友好地夸赞我的西班牙语。龙达真让人开心啊，不禁想在这里多住几天了。

这就是我一直想喝的西班牙香蒜汤啊，里面有鸡蛋，超好喝～一个人到餐厅吃饭，其实没有什么好怕的

🐟 白色小镇阿尔科斯德拉弗龙特拉

我坐在去往阿尔科斯的巴士里。车窗玻璃上有裂纹,车门会在车行驶的途中突然砰的一声自己打开。我想是不是得把门关上,刚说了一句"要帮忙吗",对方就说了一声"不用!"拒绝了我。巴士很可怕,司机也很可怕。我本打算买往返票的,但我的西班牙语很不中用,结果买成了两张单程票,我被大声斥责了:"你不是一个人吗?刚才怎么说两个人?"虽然钱退给我了,但我失去了语言的自信心……

阿尔科斯的巴士站空荡荡的,窗口紧闭。我想确认一下回程的巴士,但墙上贴的一小张时刻表上,并没有写龙达。

哎,算了。我打算去旅游咨询处咨询,于是去爬坡道。阿尔科斯的老城区在山顶,巴士站在山脚下。

一路爬坡,一路打听,总算找到了旅游咨询处。我在旅游咨询处拿了一张地图,让他们帮我把旅馆的位置圈出来,也确认好了返程巴士的发车时间。在这里如果不懂西班牙语,一个人来旅行很困难。

白色的小巷中,远处现出阿尔科斯德拉弗龙特拉令人惊叹的迷美风景。
话说,这摩托车是怎么弄上来的?

旅馆是一座非常漂亮时尚的老建筑。穿过昏暗的走廊,视野豁然开朗,眼前一幢地中海式的二层小楼,将充满绿色的庭院围绕其中。

"有没有适合画画的地方呢?"我想找个能看到白色小镇全景的地方画画。我向一位负责打理旅馆的年轻女孩奴尔说明了自己的意图。奴尔很喜欢我的写生作品,告诉我说"河岸边有一个超级推荐的地方"。

Arcos是位于湖泊、河流、山丘上的老城区,它的背后是断崖和集所于一体的白色小镇。从旅馆的窗户能眺望到湖的全景。

老城区建在一座名叫"拉佩尼亚"的石山上，山势如恐龙背脊，瓜达莱特河环绕石山流淌。如果要去河边画画，好不容易爬上山来，还得下去。

我一边想着回来时爬坡该有多费力，一边往下走着。在各处的小巷与拱门之间，绝美的风景忽隐忽现。啊，看到湖了。这一段坡路和石阶很陡，下坡时，身体前倾，几乎要摔下去似的。不时有小型摩托车飞驰而过。以前是骑驴，现在是骑摩托车。我走过一道纯白色的城门，四周是围绕着整个城区的城墙。古代，这里是唯一进入城区的入口，整个城区就是一座要塞堡垒。

到处都有小孩子们在玩耍

沿着河边的步道，来到奴尔推荐的地点，很遗憾，从这里仰望到的阿尔科斯小镇，跟我想象的不大一样。立于断崖绝壁之上的白色小镇，远远望去就像覆盖着白雪的石山一样，确实很美，但我想画的不是这个。沮丧之余，回程爬坡越发艰辛。我费力爬上陡坡，大汗淋漓。

我决定就在小镇上画了，在一个咖啡馆里稍作休息。轻风吹过，落了汗，十分舒服。

我住的旅馆位于老城区的正中央，旅馆的房子就像粘在窄窄的陡峭的小巷中。旅馆的大门十分不起眼，连招牌也让人看不大懂。虽然让人在地图上为我做了标注，但我还是迷路了，去找人问路才找到。

不过，旅馆里面很深，阳光洒满了整个庭院，让人心情愉快。办理入住的方式很轻松，可以在客厅里沏咖啡、喝啤酒，然后再办。

早餐我是眺望着美丽的湖景吃的。面包还是热乎的,很好吃!

在旅馆的庭院里吃早餐,美景与美食带来美好的心情。

🐟 在科尔特斯德拉弗龙特拉的乡村生活

这次我坐在了从龙达去往科尔特斯德拉弗龙特拉的巴士上。啊啊,车外是颇有气势的石山,看上去没有人烟,无限荒凉。可是,我看到了有人行走的小道,看到了羊。太棒了,安达卢西亚,真好!

巴士里有人唱歌,有人大声聊天。我要去的地方不是旅游景点真好。我像呼吸一样平常地在旅行,在画画。太适合我了,这样的生活。

到科尔特斯的巴士站时,伊库克已经在等我了。

来之前,我在网上搜索"从龙达可到的白色小镇",出来的就是伊库克的网站"阳光和热情的安达卢西亚白色村庄"。

我被这样一句宣传语吸引了:"在酒馆的梯子上与村民攀谈。何不来白色村庄体验一下田园生活呢?"

科尔特斯的人口只有两千多,步行就可以在村里走一圈。我问"没有地图吗?",被伊库克笑话了。一般来说,来投宿的人都会住在她的度假别墅里,但她的爱犬身体不太好,所以我改住进了一个叫"派派"的酒馆三楼。

哇,这里好棒!简直像家一样!一进玄关,就是一个宽敞的开放式厨房。锅和餐具超级多,还有冰箱和两个烹饪用的电磁炉。卧室也很大。哇!居然还有浴缸。

而且,从派派酒馆爬上坡道,从那里能看到科尔特斯村庄,这正是我想画的白色村庄。

啊,太好了!明天,就从这里画起!

软木林和采蘑菇

有谁见过软木树?我是第一次见。

"咱们去软木林吧!"我们开车走了大概 30 分钟。树皮已被完全剥去,露出橙色树肌,颇有风格的树木,一直延伸到森林深处。真是有些超自然的壮观景色。

嗯,心情真好。静谧的森林散发出怡人的香气。我正画着软木树,就听到各种鸟儿的鸣叫声传来,叽叽喳喳,好不热闹。

软木林中,还有不少来观鸟和采蘑菇的人。在这个树林中,每 10 年进行一次软木树皮的剥采,到了第二年就会去另一片树林。剥下来的树皮会运到葡萄牙去,在那里加工成软木制品。

软木剥采是科尔特斯的重要产业,看起来不少人都从事与软木相关的工作,在酒馆里我把写生本拿给人们看时,人们最喜爱的,还是这种描绘软木的画。

我参加了小镇里组织的采蘑菇活动,西班牙人的认真劲儿让我吃了一惊。采摘前一天,大家要在镇务中心看关于蘑菇的电影,认真学习。采摘当天,相当多的村民都参加了,收获也很丰盛……可是,采完蘑菇,人们在森林入口处集合起来,又开始学习了。"蘑菇采了不吃么?"我悄悄地问伊库克,她也表示不解。

人们先用小刀把大个的蘑菇切成两半,我以为要放到锅里去煮,谁知道,他们是用放大镜观察菌群,而且大家也都没带锅来。哎呀……蘑菇已经到嘴边了,真是好大的诱惑。伊库克的朋友罗拉邀请我说:"我们要去烧烤,你也来呗?"

院子里的橄榄长得很茂盛,让人神清气爽。院里摆好了桌子,桌子上放了好多蘑菇!有的形状像鸡蛋,还有类似香菇的,篮子里装得满满的。听说这都是罗拉的丈夫安德烈斯去山上采回来的。

安德烈斯用很锋利的小刀把蘑菇切成薄片。撒上盐,淋上橄榄油,直接吃。最重要的是,只要略微生出孔洞就要果断扔掉。

这蘑菇也太好吃了吧!肉也烤好了,桌子上摆满了各种好吃的,简直令人赞叹,但我却一个劲儿地只顾吃蘑菇。这是我在西班牙吃到的最好吃的东西了。

参加科尔特

这个研究会最了不起的是会对采回来的蘑菇进行细致的讲解

佩利穿了一件蘑菇图案的T恤衫

切成两半后,颜色好可怕

伊库克提议大家去一家接一家的酒馆喝酒，她很能喝，跟她在一起好开心。有家酒馆的名字居然叫"这里的下酒菜很好吃哟"，我在这里吃了烟熏金枪鱼配面包，芦笋和烤虾，有蘑菇的蛋包饭。我们俩喝了好多葡萄酒，才花了10欧元。还是非旅游景区的小镇好啊。

在一个英语圈的人与西班牙人交流的酒馆里，朋友佩佩给我们调制了一种叫康福罗的奇怪的酒。先在锅里放入大量白砂糖，咕咚咕咚倒入烈性酒，再加入咖啡豆、柠檬皮点火加热。啊，最关键的是，还要念诵似乎大有来头的纸上写着的咒文。这可是万圣节的酒。虽说这酒并不太好喝，但让人感觉有种特别感，很开心。

"Dia de todos los santos！"（西班牙的诸圣节，每年的 11 月 1 日。——编者注）

孩子们戴着骷髅面具和华丽的帽子，脸上化着夸张的妆，来回奔跑着。是的，10 月 31 日是万圣夜，11 月 1 日就是诸圣节（万圣节）了。家庭式的派派酒馆也从昨天开始来了很多奇妆异服的孩子。

今晚我必须要回龙达去，但听说化妆人群大约 9 点以后在镇务中心集合，于是我决定看完活动再乘出租车回去。

在美女朋友艾丽家，艾丽和丈夫索尔装扮成了吸血鬼情侣。艾丽穿着红裙子，脸涂得惨白，正因为是美女，所以更增阴森恐怖感。事后看我跟高个子国王和王后的合影，觉得我很像霍比特人。

快 9 点了，可镇子里还是很安静。我对节日活动不抱希望了，于是来到墓地。

万圣夜本是亡者归来的日子，就像日本的盂兰盆节。几天前起，人们就把墓碑重新刷白，用鲜花装饰，布置得十分隆重，相当漂亮。即便是晚间，也不断有人手持鲜花前来，很热闹。虽然近年来万圣夜在日本也很盛行，但在这里，源于宗教的仪式已融入人们的生活当中，重要性完全不同。

万圣夜相当于日本的盂兰盆节，是祖先们回归之夜。人们扫墓、献花，夜幕降临时点起蜡烛，迎接先人。见到很多的包菊花，有些意外。

COLUMN

乘巴士周游安达卢西亚

　　安达卢西亚有很多富有魅力的小村庄,要周游这些小村庄,最好的办法就是租车自驾。但我是一个人旅行,开车是个问题。而且此地与日本相反,是靠右侧行驶。

　　因此我选择了公共交通。铁路虽然有时刻表,比较可靠,但车次太少,最后我选择了乘巴士周游。乘坐之后发现,乘巴士也是不错的。不过,要命的是买票这件事,要弄清楚从哪里发车。这是因为,在不同的城市,巴士运营系统是有区别的。

　　比如在塞维利亚,巴士分为开往安达卢西亚的和开往葡萄牙的,巴士站有两个,在其中一个车站不能买开往另一个方向的车票。巴士的车票又分为需要预约的和不需要预约的,这我也弄不明白。

　　有的巴士站有好几个站台,必须要搞清楚是从几号站台发车。车票是在窗口买还是上车再买,这也是我想知道的。想了解的事情太多,忙得我手脚不停地去打听,可车站的工作人员通常都是爱答不理,司机也爱答不理,大多时候我问了也不回答我。如果身边的人很亲切,告诉了我,就帮了大忙。但是他们告诉我的,多数时候都是错的……这种时候能依靠的只有旅游咨询处。只要是在他们开门营业的时间去问,基本上各种问题都能得到详细的解答。

　　龙达有不少开往安达卢西亚南部的巴士,但我想去的米哈斯和卡萨雷斯,需在马拉加换乘。最后我决定以龙达为起点,选择方便前往的村镇。反复斟酌之后,我选择了山顶的白色小镇阿尔科斯和在网上查到的更小的白色小镇科尔特斯。虽然这两个小镇之间并没有什么联系,但从龙达出发都是无须换乘可直接到达的。我把大件行李寄存在龙达,只背着轻松的帆布背包就一个人去旅行了。

DAYAN'S SKETCH TRAVEL BOOK
SPAIN/PORTUGAL

4

马德里和
托莱多近郊

4 马德里和托莱多近郊

🐟 马德里的马约尔广场

"哇,邮票集市!"星期日的马约尔广场热闹非凡,有好多小店在简易折叠桌上摆出邮票和硬币。邮票真让人快乐呀,把图案凝聚在很小的纸面上,这种形态就很令人喜爱,它还有着无论在哪里都能帮人邮寄信件的作用,就更厉害了。

我在广场上随意走着,赏玩各种邮票,一位名叫何塞的老爷爷跟我搭话了:"要不要去跳蚤市场看看?"我正想去呢,于是回应他道"Vamos juntos(好啊,咱们一起去吧)!"就跟着他走了。他夸我是"guapa(美女)"。阳光特别强烈,我一戴上帽子,他又说"guapa!"尽管这帽子已经皱巴巴得像个腌茄子。

我跟何塞爷爷用西班牙语只言片语地聊着,一直绕道转到了圣伊西德罗大教堂、托莱多门附近,又走到跳蚤市场所在地——卡斯科罗广场。从广场一直到广场外围的路口,全都是超大规模的集市。从很普通的饰品、衣服,到阿拉丁神灯,甚至还有能在空中飞的地毯(那个……如果卖的是真的,我立刻就买!),可以说是应有尽有。又热又累,我觉得自己脑子都不转了,好在有同伴,还是很开心。我们回到马约尔广场,在圣米盖尔市场的酒馆里喝了啤酒,十分好喝!

我不管去哪里都会经由马德里中转,虽然路过很多次,但这西班牙第一大城市根本走不完。我只在老城区的太阳门到马约尔广场周边这一带走了走。我坐在马约尔广场的咖啡馆里,以壁画上的美丽建筑为背景,画了一幅在喝茶的达洋。圆圈中画的是马德里的象征雕塑"熊和杨梅树"。太阳门广场很大,据说要见面的人们都约在这座雕塑下碰面。

🐟 美丽古都托莱多的帕拉多酒店

"如果你只能在西班牙停留一天,那么不要犹豫,请去托莱多。"鼎鼎大名的托莱多,三面临河,城墙环绕,是一个美丽的城市。

去往河对岸的托莱多帕拉多酒店,乘出租车需 10 分钟左右。车沿河行驶,从车窗看到托莱多这个城市,无论从哪个角度看,都是那么美。酒店前台告诉我说"再加 40 欧元,就能升级到可以眺望城镇的景观房",我同意了。

啊啊,真是太棒了!从客房阳台看到的景色极漂亮!

在我画的过程中,托莱多天空的颜色不断变化着,渐渐演变成一片紫色的暮霭。与此同时,街灯亮起,温暖的灯光浮现在淡淡的夜幕中。画完之后我下楼去餐厅,一边眺望着美得令人叹息的夜景,一边品尝着汤和葡萄酒。

客房的浴室里居然有按摩浴缸!这真让人惊喜!要说让寒冷的身体舒服起来,最棒的就是泡澡了!但我却不知道怎么切换成淋浴,只好带着一身泡沫出浴了⋯⋯

从帕拉多酒店的客房阳台看过去，托莱多一览无遗。
城市里的灯光渐渐点亮时非常漂亮。稍微借用一下埃尔·格列柯的衣服。
今天夏令时就结束了。

托莱多的黄昏
从酒店的阳台望去

🐟 漫步城墙环绕的古城

我在托莱多住三晚，在帕拉多酒店住一晚，城里住的是紧邻阿尔卡萨尔城堡的"阿方索六世"酒店。这座古老的酒店是以把托莱多从伊斯兰教徒手中夺回的国王的名字来命名的。这里也很不错，在能远望到帕拉多酒店的阳台上，我端了杯咖啡，小憩片刻。屋顶使用的西班牙瓦，形如筒状物一剖两半，整个城市以这瓦片的红茶色为基调，但颜色各自又有细微的差别。屋顶形状不一，也并不是直线条的，给人以杂乱感，却确是历史悠远的古都独有的风情。屋顶的瓦浪朝着河的方向有节奏地延伸下去，不时映出墙壁的白色。远方高耸着气势非凡的溪谷山崖。

托莱多的城区也很不错。在城墙环绕的古城之中漫步，非常有趣。位于高处的街区，石板铺成的甬路高低不平，视野也不够开阔，像地牢一般让人觉得惊悚刺激。有时走着走着，道路突然开阔，出现一座教堂；有时会不意间发现绝佳风景；有时会从昏暗的小巷突然走到热闹的大街上。

哎呀，是堂吉诃德。在日本，堂吉诃德是人人皆知的平价连锁店，但在西班牙，堂吉诃德是最有名的塞万提斯的小说里男主人公的名字。也因此，在堂吉诃德小说的原型地——卡斯蒂利亚拉曼恰，到处都是堂吉诃德的雕像和纪念品。

我朝着大教堂走去，到了后才知道下午2点开门。本地人的生活真是悠闲自在啊！我在画一家店铺橱窗里的托莱多名产杏仁糖糕时，店主走出来看，指点我说"表面的颜色还可以再浓一些"，还让我免费品尝了一块。这是用杏仁粉做成的点心，味道甘甜淳朴，很好吃。

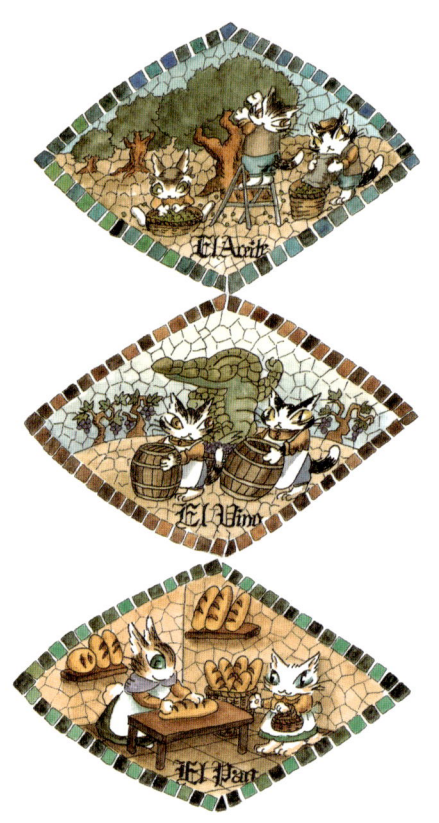

摆在路边的纪念品店的瓷砖实在太可爱了。西班牙的瓷砖大体分为凝练细致型和轻松简朴型，这里的瓷砖就是超简朴型的。瓷砖的内容是关于面包还有小麦、橄榄等的收获场面的连环画，是按顺序画下来的，这样就能充分了解收获的情况了。我决定临摹瓷砖，只是把其中的人物换成了塔西尔城的动物。

呀，这个也很有趣呢。朝向埃尔·格列柯故居的墙上画满了动物画，太有趣了，配色也很可爱。这讲的是某个故事吧？"这画里说的是什么？为什么会在这里？"我问了好几个路过的人，但没人知道。话说回来，路过这里的几乎都是游客，他们肯定不知道吧！

Este es el pan de la aflicción

托莱多的格列柯故居附近的墙上

有好多好玩的画，我太喜欢了

埃尔·格列柯是热爱托莱多的画家。格列柯的画作中,人脸画得很好。那冷漠的表情很传神。尤其是圣特梅教堂中《奥尔加斯伯爵的葬礼》这幅作品中,下半部分人物的脸部,我最为喜欢。那种非现实主义色彩(尤其是蓝色)也很棒。不过,这种色彩和风格奇特的构图,招致当时西班牙的绝对权力者腓力二世的不悦,这使得格列柯被拒于宫廷画家的大门之外。我觉得埃尔·格列柯这个名字听起来很酷,但实际上意思是"希腊人",他的本名是多米尼克斯·希奥托科普罗斯。格列柯直到离世都一直在画作上用希腊语签自己的本名,看来他并不怎么喜欢自己这个通用名。是啊,也能理解,我也讨厌"日本人"这种别名呀!

格列柯的优秀之处在于他的色彩以及那冷漠的表情

拉曼恰风车之城

从托莱多去往孔苏埃格拉乘巴士要一个小时。虽然来到了巴士搭乘站,但是……该坐哪一趟车呢?这是个小镇,又不是终点站,很难搞明白。巴士穿行在拉曼恰平原的一条笔直公路上。路边都是橄榄和凋萎的葡萄。阳光毫不留情地直射着。在这样的地方,有漫长的午休也是情非得已。

我之所以来到孔苏埃格拉,是听说这里有番红花节。我抵达孔苏埃格拉时,也赶上旅游咨询处因午休门窗紧闭。我从公交车站向遥远的旅馆走去,途中抬眼一望,看到了山坡上的风车:"啊,风车!"哇哦,离城区这么近的地方竟然就有风车啊。本身来孔苏埃格拉也想看这样的风车!

我向一位老奶奶打听"怎么才能到风车那里?",老奶奶告诉我"那边有扶梯",这可真是太棒了!结果我找了半天也没找到。感觉步行也能走到,于是我沿着石头小路登上山坡。啊啊,1、2、3……这里竟然有十多架风车!远处能看到城市。我坐在路边的岩石上,一边吹着风,一边画风车,汗也慢慢风干,心情舒畅。

风车所在的山坡上也有一处旅游咨询处,告诉了我好多关于番红花节的信息。今晚会有夜市,明天白天有番红花采摘大赛。然后据说"星期六下午5点开始,在这个风车山坡上有舞蹈表演"。哎!今天是星期五,明天回托莱多的末班车是下午4点半。太遗憾了!赶不上了。这些事情不来根本不知道呀。

旅游咨询处旁边有一条石阶小路,能一直下到城区。啊啊,原来刚才那老奶奶说的不是"扶梯",是"台阶"呀!(两者的西班牙语发音十分相似。——编者注)

孔苏埃格拉的番红花节

"来杯葡萄酒吗?"有人这样说着,已经递过来一杯。"谢谢!这酒真好喝!"节日嘛,就要有这个气氛才行!穿过冷冷清清的街道,我来到河边,这里正在进行烹饪大赛。有一组选手,都是男人,正在做一道名叫"米加斯"的菜,他们很友善,让我感觉很好。我刚开始画他们,大家就嬉闹着忙碌起来。做菜的都是男人,有的给马铃薯削皮,有的在用油煎炒烹炸。

一盘又一盘堆积如山的美食被不断地端上来,葡萄酒和啤酒都随便喝。大家都笑眯眯地围过来看我的写生本。一杯酒刚喝完,立刻就有人给我斟满。坐在椅子上的我,简直就像女王一样。心情真好啊!工作告一段落时,他们就说"好呀,一直喝不要停!"……等等,这个情形我可经历过……好像又要陷入那种不好的模式中了……

我恋恋不舍地跟大家告了别,就去西班牙广场观看节日的主要活动"番红花采摘大赛"。

番红花,是来到伊比利亚半岛的阿拉伯人带来的一种香料,是西班牙海鲜饭等西班牙美食必不可少的调料,语源是阿拉伯语"黄金"一词。在当时,番红花正如字面上的含义,与同等重量的黄金等价交易,至为名贵。而孔苏埃格拉就是番红花的著名产地。所需要的番红花,其实指的只是番红花的雌蕊,好像每制成1克番红花,需150朵花做原料。难怪番红花会这么贵!

采摘大赛,就是比一比看谁能又快又准地从番红花的花瓣之间把雌蕊剥离下来,选手们都认真对待。场上选手的手上动作花样繁多,村民们为他们大声喝彩,裁判员在一旁严格注视。虽然没有什么特别华丽的场面,但是能看到这个让地方产业引以为傲的节日庆典,真是非常开心。幸亏我没有喝醉,幸亏我没有错过!太好了!

从旅馆的窗户能看到山坡上的风车。
规规矩矩地排列着,很可爱。

风车所在的山坡周围是一望无际的拉曼恰大平原。读骑士故事着了魔的堂吉诃德,幻想自己是骑士,骑着瘦马与桑丘·潘沙一起在拉曼恰平原游荡。《堂吉诃德》,据说它的出版数量仅次于圣经。为了表示敬意,在出发之前我特意拜读,但情节的臆想太过于天马行空,我只读了一卷就放弃了。我最喜欢的是文中对沿途宿地充满感情的描写段落,以及多雷为这部巨著创作的插图。其中最出彩的还是堂吉诃德与风车战斗的那一段。堂吉诃德把风车想象成巨人,大喝一声"哪里跑,你们这些懦夫!",随后冲进风车阵中一顿厮杀。这种人如果真实存在很让人讨厌呀。遗憾的是,堂吉诃德拼杀过的地方并不是孔苏埃格拉,而是一个名叫"坎波-德克里普塔纳"的风车小镇。不过,看着山坡上那规规矩矩排列着的风车,尽管我并不是堂吉诃德,但好像也能感受到他的那种气息。

要说起活生生的东西,河岸边的移动游乐园里,有真驴拉动的旋转木马,飘荡着一种令人毛骨悚然的氛围。

真驴拉动的旋转木马,也没有音乐,牵驴的人忙于收拾驴粪,毫无笑容。

真驴拉的旋转木马,很棒,可就是没有人坐。以后来看看吧。

DAYAN'S SKETCH TRAVEL BOOK
SPAIN/PORTUGAL

5

巴斯克
租车之旅

西班牙语老师曾经说过:"等到了巴斯克,西班牙语是完全无法沟通的。"

巴斯克地区跨西班牙和法国两国,将比利牛斯山脉夹在其中。居住在本地的巴斯克人有其独特的语言和文化。巴斯克的语言很难,据说,有魔鬼想要诱惑巴斯克人,拼命地想要学会巴斯克语,最终却只记住了"是"和"不"。话虽如此,其实我在这里讲西班牙语,大多是能沟通的。

在巴斯克,我要与达洋猫杂志书采访组和小枫同行,所以我们租了辆车。

好开心。租车,就是为旅行插上翅膀。我们从西班牙北部首屈一指的大城市毕尔巴鄂出发,开始了我们租车自驾的悠闲漫游之旅。

🐟 洪达利比亚的帕拉多酒店

"这是我坐过的车呀!"

我们租的车是奔驰 B 级车。负责开车的是摄影师马场,他熟悉车况,行驶非常顺畅,我们因此格外放心。我们的目的地是距离毕尔巴鄂约 100 公里远的小镇洪达利比亚,它与法国接壤。

车沿老城区弯弯曲曲的坡路爬升。绿色的阳台,蓝色的门扉,鲜红的外墙,朱红的大门,沿街的房子挤占到狭窄的道路上,家家户户涂成不同的色彩,在黄昏时分十分美丽。坡顶上高高耸立的建筑就是建于 10 世纪的卡洛斯五世之城,如今这个古城变成了帕拉多酒店,也是我们即将下榻之处。

城堡用厚重的石材建成,仍保留着要塞的面貌,刚踏进去第一步,我就惊叹起来,啊啊,这简直太出色了!

高高的天花板悬垂下来的,全都是色彩美丽、图案匪夷所思的旗帜、旗帜、旗帜,将空间装饰得多姿多彩。石壁上挂着壁毯,颜色鲜明地织出整装出征的鼓乐队和马匹,有的壁毯则是由纹章图案构成。屋顶投下黯淡的光线,能看到拱形小窗和壁龛。石墙是明朗的蜂蜜色,让人有些意外。

简直就像是中世纪童话中出现的城堡。它实在太壮观了,我竟愣了半响。哎呀,我好像发起烧来了。一切都完美无比,唯一的美中不足就是,我好像感冒了。

我在小镇上下了车,去药店买了药。西班牙的医疗制度非常完善,公立医院诊疗是免费的。在西班牙,国民保健由国家免费提供保障,药品也便宜到了让人难以置信的程度。

在渔夫小镇,大家尽情品尝洪达利比亚好吃到令人咂嘴的名产海鲜料理,可惜我预感到自己病情会加重,只买了个杯面,就先回帕拉多酒店去了。

从阳台能看到法国的洪达利亚内拉多酒店

第二天早起,我仍觉得不太舒服,在阳光灿烂的露台上眺望对面的法国,这时,去街上漫步的小组成员们回来了。

"听说旁边就是很漂亮的法国小镇,咱们赶紧去吧!"大家都很兴奋,开着车朝圣让德卢斯而去。

这里是法国巴斯克地区首屈一指的度假胜地,海滩宽阔而美丽,不过海风吹过来还是很冷的。各种可爱的店铺和看上去很美味的甜品店在一条狭窄的道路上依次排开。据说路易十四与玛丽亚·特雷丝就是在这条街上举行的婚礼,这种轶闻本是很受女孩子喜欢的,可惜我状态欠佳,心里竟有些嘲讽起来。这里街上的风景与西班牙巴斯克地区几乎一样,但只要我说"Hola(西班牙语'你好'——编者注)",对方就会回答"Bon jour(法语'你好'——编者注)"。果然这里是法国啊。

我们去了一家有名的马卡龙店,结果因为午休闭店中。原来法国也有午休啊!我们一直等到开门,买到的马卡龙看起来虽然很朴素,但味道很醇厚,特别好吃。

而且我们这是越过了国境线呀!以前这是很严重的事情,但现在连检查站都没有。只有一个边境标识,跟日本的县界标识差不多。这样真的可以吗?

🐟 格塔里亚的烤鱼

在格塔里亚大航海时代传说中的冒险家——胡安·塞巴斯蒂安·埃尔卡诺纪念碑所在高地绘制 1519-8-10/1522-9-6 出发时258人,回来的仅有18人!

"如果你闻到了烤鱼的香味,就是到格塔里亚了",正如这句话所说,我们把车停在港口,刚下车走了几步……啊,是烤鱼的香味!是夹在可爱的鱼形网中烤的。

小镇里很好玩。错综复杂的斜坡小巷接连不断,各种洗涤之后的衣物得意扬扬地在风中飘动。今天是星期六,这是洗了一个礼拜的衣服吧?

一个小男孩脱了裤子,朝小巷正中间一个略微下陷的排水沟尿尿,白白的小屁股很可爱。然后小男孩提上裤子,跟他爸爸像什么都没发生一样淡定地走开了。

Getaria

我们回到港口吃烤鱼。有烤章鱼和烤比目鱼,还有凤尾鱼,配上查克丽白葡萄酒,非常好吃!店员小姐姐态度和善。餐馆二楼以上是民宿。窗外能看到大海,还有这么好吃的鱼,如果长时间留在这家民宿画画,我是开心呢?还是会觉得寂寞呢?

这家餐馆的楼上是民宿 KATRAPONA 要是住在这样的地方就太棒了

在这里用炭火烤鱼,烤猪……

鱼形的网

软软的很好吃!

PULPO

这个超级好吃!

Rodaballo

柯米拉斯的向日葵之塔

柯米拉斯有一个内行人都知道的高迪的著名作品"向日葵之塔",人们称之为"随性居-奇想屋"。

这座意味着"奇想"的建筑太华丽了。

伸向天空的塔身圆柱上,密密麻麻、等距离贴满立体的向日葵瓷砖,顶端部分"啪"地张开,显露出侧面的红色墙体,整个建筑开朗阳光,仿佛在对着太阳大声呼喊。

然而,还不只是开朗阳光,这座异想天开的建筑,还巧妙设计了许多令人身心健康的细节。据说,房间的分配,是设计者思考着"从日出到日落,每个时段该在哪个房间里度过",配合太阳的运动轨迹来进行布局的。在客厅里有一个装置,把窗户拉上拉下,室内就会播放音乐,而音乐室里,有小鸟图案的彩绘玻璃。

这座奇想屋其实是为一位贵族建造的夏季别墅,这位贵族是个业余音乐家。向日葵图案布满了整面墙,是在向喜爱植物的金主致以最大的敬意。

委托高迪按自己的喜好建造房屋,这也太奢侈了吧!我在想,如果高迪对我说:"我要为您建一座房子,把您的喜好最大限度地展现出来",我会怎么样呢?

虽然会很高兴,但住在这样的房子里,心情根本平静不下来吧。

🐟 西班牙最美小镇桑提亚纳德玛

绿色的丘陵，闪闪发光的大海，悠然吃草的牛群。开车行驶在巴斯克大地上，心情甚是舒畅。与安达卢西亚的荒凉截然不同，这里的景色苍翠欲滴。我们到达桑提亚纳德玛时已是傍晚时分。

好有韵味的小镇呀！墙壁是在像温泉踏脚石一样的石板上用碎石块加固而成的。我觉得好眼熟，想了想，这不就是江米糖嘛！整个小镇全都是蜂蜜色的江米糖，咬上一口，恐怕会硌掉牙。

夜幕降临，我们步行去旁边的马约尔广场吃晚饭。大家七嘴八舌地点菜，把他们在洪达利比亚记住的菜点给我吃。"欧芹酱蛤蜊特别好吃！""晶子那时候没能吃到。"蛤蜊、海鲜饭、鱼汤，都超级好吃！而且我的状态也好起来了。

第二天是晴天。也许是因为萨特曾在著作中赞誉这里是"西班牙最美的小镇"，这里来了大批的游客。最令萨特感动的，应该是这原汁原味的中世纪街道上到处鲜花盛放吧？窗台上、阳台上、墙壁上，遍地花朵。生机勃勃的中世纪小镇真不错呀。

被称为西班牙最美小镇的桑提亚纳德玛
城镇的大小和泰米尔很像

🐟 在贝尔梅奥偶遇节日庆典

我们爬上海港小镇贝尔梅奥的坡道……哎,小巷里铺天盖地摆开的,是以前孩子们的游戏?有类似保龄球一样的板球,还有"钓鱼游戏",是用钩子来钓一种画着画的木板。

这可太好玩了,我马上开始画一个打扮时尚的女孩子和她爸爸。我向围观的大叔们打听,他们说:"这是节日庆典啊。大家把以前的玩具都拿出来,让孩子们在路上随意玩耍。"

"哎，您小时候也玩这个吗？""不不，玩这些的，是我们的爷爷和太爷爷们。"

太棒了，是节日庆典！

真是碰上了好事。我们美滋滋地走在街上，忽然看到在一个简陋的帐篷前，孩子们排起了长队。

有一位大叔抱着一大块黏土走了过来，孩子们用崇敬的目光看着他。大叔开始转动旋转盘，这气氛太好了，我开始画起来，结果大家都来围观，居然很受欢迎。

10月的庆典上有好多可爱的店铺 我已经兴奋得团团转了

黏土大叔也来围观了，他说"我拿这个换你的画吧"，因为这幅画是配合着之前的画一起画的，所以我说"这幅不行"，结果他说"再给我画一幅吧"。

那……好吧，我给他画了。

"我要拿去给我姐看看"，大叔满面笑容，用脏兮兮的围裙擦了擦手，接过了画，然后把一个漂亮的陶瓶送给了我。

刚做好的陶瓶，湿乎乎沉甸甸的。"这可怎么办啊？"编辑小薰也有些困惑地笑了。虽然是很难得才得到的，但也只能转送给餐馆里正在吃饭的一家人了。得到陶瓶的一家人也非常开心，太好了。我的画和西班牙语，搭起了很出色的交流的桥梁！

身穿古代装束的乐队热火朝天地演奏着，广场上摆了许多热闹的流动摊位，简直就像塔西尔的节日庆典一样。我好想在这个小镇里待下去呀。正是因为有这些意想不到的事，旅行才如此开心！

COLUMN

关于品巧思（pinchos）的种种

近年来，品巧思在日本也很常见，它最早起源于西班牙北部的酒馆，是一种简单的下酒菜。它需要符合这样几个条件："能一口吃掉""多种食材组合而成""随做随吃"。品巧思自己在家也可以轻松制作，何不尝试一下呢？

西班牙风亲子三文鱼匙

在烤三文鱼上放上鱼籽淋上橄榄油

大小刚好一口能吞下，且合日本人的口味

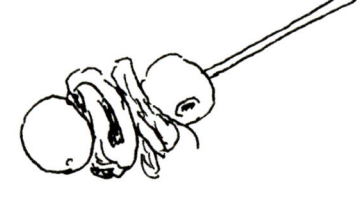

橄榄一口串

按橄榄、凤尾鱼、辣椒、橄榄的顺序穿成串

比较咸，适合搭配葡萄酒

法棍上的品巧思

将法棍切成薄片

上面依次叠放香菇、肉派、伊比利亚黑猪火腿

大多数的品巧思

都是按这个方法做的

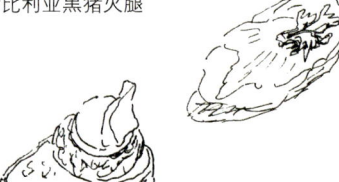

DAYAN'S SKETCH TRAVEL BOOK
SPAIN/PORTUGAL

6

葡萄牙的
山丘之城

6 葡萄牙的山丘之城

🐟 咣当咣当的有轨电车

从塞维利亚出发，一个半小时之后，巴士在茫茫雨幕中驶入了葡萄牙境内。

车外是大片的滩涂，与西班牙的景色不大相同。经过法罗时附近有一条河流，河水呈茶褐色，正在涨水中，汩汩地流淌着。

出发后坐了7个多小时的车，巴士抵达了夜色中的里斯本。

一觉醒来，外面还在下雨，里斯本著名的铺路石也被小雨淋湿。我去地铁站买了一日乘车卡（Viva Viagem），花了6欧元，可以在一天内无限次乘坐地铁、巴士、有轨电车、登山缆车。要想饱览七丘之城里斯本，有轨电车是最合适不过的了。

更何况还是雨天呢。拿到这张魔法卡的我，立刻跑去乘坐串起老城区所有名胜景点的28路有轨电车。

咣当咣当，滴滴，丁零！伴随着这爽朗的声音，我们开始出发了！

木制的车厢，车顶是弧形的，车内充满了怀旧风情。雨越下越大了，从出发地到老城要穿过狭窄的道路，一路都是绝美的景色！

一位老奶奶拽我的衣袖，好几次用手指着说"赛！"，"赛"是什么意思啊？我正琢磨着，突然里斯本大教堂（葡萄牙语sé de Lidboa——编者注）就出现在眼前了！

哇，真是好窄呀！住宅紧挨着马路修建，车沿着弯弯曲曲的石板路坡道开下坡去，到特茹河岸边变成一段平地，但很快又咣当咣当地爬上坡去，既刺激又有趣！28路车我来来回回坐了好多次，并且沿途下车游览里斯本。对了，有乘车卡的话，是免费的哟。

里斯本的铺路石是用高起的工匠艺术制作出来的黑白图案

雨中的里斯本有轨电车，发出咣当咣当、滴涌、丁零的声音！

🐟 白沙地区的升降梯

我想坐坐里斯本著名的圣胡斯塔升降梯。从地图上看,应该离我所住的旅馆不远。爱问路的我,用西班牙语问一位路过的老爷爷"圣胡斯塔升降梯在哪里?",这里是葡萄牙,西班牙语大概无法沟通吧?不过,老爷爷好像听懂了"圣胡斯塔",他用力地点头,大步爬上坡去。我也跟着他爬上陡坡,累得气喘吁吁。老爷爷没事吧?上到坡顶一看,这里居然就是升降梯上来的地方,景色真是太棒啦!

老爷爷带着我爬到一个陡坡顶上,他是想让我看到里斯本的全景吧。看到的虽然是雨中的里斯本,但我的心中一阵温暖。

名叫"加要(galo)"的公鸡摆件，富贵好运。

葡萄牙的建筑毫无例外，外侧头部都很大，看着有些怪，但里面是木制的，很时尚漂亮。圣胡斯塔升降机也是如此。从外面是看不到的，但一旦登上去景色绝佳。

  白沙的街道非常宽阔，绿色的山丘上坐落着圣乔治城堡。老爷爷满意地看着我连连发出赞叹的声音，摆了摆手就走了。其实，乘坐圣胡斯塔升降梯的地点，就在我向老爷爷问路的地点旁边。老爷爷带我来到这里，就是为了让我这个外国人不用乘坐升降梯也能欣赏到这样的美景。

  不过我还是想乘坐一次升降梯，于是去排在长长的队伍后面。

  从白沙看到的圣胡斯塔，头部超大，形状怪异！

  白沙夹在上城区（Bairro Alto）与阿尔法玛两座山丘之间，餐馆和商铺林立，是个非常热闹的繁华地段。从罗西奥广场到特茹河，我一边看着路边店铺的橱窗，一边开心地走着，在一家时尚的文具店里买到了碳素水笔。

  买到了自己从未见过的绘画用具，我心里美滋滋的，真想早点用它画画啊。

"Conserveira de Lisboa"是白沙地区创业于1930年的罐头专营店。店面不大,很容易让人错过,但踏进店里一看,让人大开眼界!

亮堂的木头架子上摆满了罐头,地面是时尚漂亮的马赛克,沉重的老式称重秤和收银机,与时尚的店内装潢和谐融洽。

罐头也很可爱呢!

而且,奇怪的是,我觉得罐头很轻,以为里面是沙丁鱼,谁知道竟是沙丁鱼形状的巧克力。

1522年建成的"喙之家",建筑很怪异但很有名,每扇窗户都用出色的画来装饰。

这个真好呀。我的公司也在用皮革做罐头型的零钱包,所以到了国外,我总是找各种可爱的罐头来作为样式的参考。但从旅行地带罐头回去太重了,这个买了不仅好拿,还可以当成礼物送人。于是我买了各种图案的罐头巧克力——有正在劳作的渔民,头顶着鱼的女孩子,还有修补渔网的老奶奶等。

接着我又走到"喙之家",眺望着特茹河喝杯咖啡。我还吃了葡萄牙的著名美食——口感酥脆的葡式蛋挞。

"喙之家"是一座怪异的建筑,外表贴满鸟喙似的尖锐的马赛克。葡萄牙的瓷砖画虽然也有立体图案的,但瓷砖本身还是平面的。难道这是在搞立体瓷砖画的可行性实验么?

Pastel de Nata
葡萄牙里斯本著名美食

这里每一扇窗户都用画来装饰,整个房子都成为立体的巨大相框,阳光照进来的地方很有存在感。画着画着,我就喜欢上它了。

葡萄牙的瓷砖画

"瓷砖画（Azulejo）"，真是个美丽的词。我之前以为这个词特指白地上用或浓或淡的青色描绘出的时尚漂亮的瓷砖，可在葡萄牙，无论有没有图案，瓷砖一律称为"Azulejo"。它的语源是波斯语中表示"蓝色"的词与"有光泽的小石头"一词组合而成。

全世界无论哪个地方都有瓷砖，但在很久以前就把瓷砖提升到"文化"高度的，据说是阿拉伯人。畏惧空间、禁止偶像崇拜的伊斯兰文化制成的瓷砖，呈现出向宇宙无限延展、繁复而美丽的几何纹样。

伊斯兰的瓷砖传到伊比利亚半岛之后，开始出现风景和圣者故事等多种多样的图案。后来，魔幻的中国青花瓷出现了，并传遍整个欧洲。原本配色鲜艳的瓷砖画受其影响，使用单一蓝色的作品越来越多。

蓝色是代表大海和天空的颜色。或许，这颜色是在繁荣的大航海时代与葡萄牙人的骄傲紧密联系在一起，而在这片土地上深深扎根的。

我决定去瓷砖画美术馆看看，从白沙地区乘巴士约15分钟。哎呀，太漂亮了！那也是瓷砖画。在去往美术馆的途中，透过巴士的车窗我看到一所被蓝色瓷砖画所覆盖的房子。

走进静静伫立的美术馆，满眼尽是瓷砖画，让我为之倾倒。

有一幅瓷砖画名叫"钻石的尖端"，如同宝石切面一样的图案素净清爽，我很喜欢。最上面展示的一幅瓷砖画，描绘了昔日里斯本的街市景象，堪称镇馆之作。令人好笑的是馆内各处摆放着农民和贵族造型的游客露脸拍照板。这样一来，自己也能成为瓷砖画的一部分啦！

不过，虽然在美术馆里仔细观赏了瓷砖画，但我觉得它比不上街头美术馆。因为，只要在葡萄牙旅行，总能在意想不到的地方碰到令人惊艳的瓷砖画。

比卡缆车，越往下行驶得越快

里斯本的缆车有时在看似平常的角落一转弯，立刻就出现超陡的上坡或下坡，让人感觉非常惊讶。只有一条轨道，所以缆车前部和尾部都有驾驶席。

乘登山缆车去上城区

去别的国家旅行，我总是很喜欢使用当地的地图，但是在七丘之城里斯本是行不通的，因为地图上的盲点——高低差是完全看不出来的。

我在白沙地区的光复广场走着走着，忽然碰到了隐藏在这里的登山缆车，吃了一惊。在普通的道路上就可以上下缆车，实在让我意想不到。

到了那里才知道，《走遍全球》（日本大宝石公司出版的「地球の步き方」系列——编者注）的地图里是有缆车图的，而且还画了台阶。果然还是日本的地图细致。这种只是在陡坡爬上爬下的简单缆车，如果有魔法乘车卡，也能无

限次乘坐。

从荣耀线的缆车上下来,右手边能看见阿尔坎塔拉观景台,我快步疾行,不知道能不能赶上日本料理店"盆栽"的午餐。出来旅行已经一个多月了,对食物我已经忍到了极点,超级想念日本的美食。

啊,太棒了!菜单上全是我想吃的东西。套餐是炸虾,怎么办呢,我还是最想吃生鱼片。虽然有点贵,但我最终选了金枪鱼紫菜盖饭。太好吃了,好吃得我想哭……外国的饭有一瞬间会觉得很好吃,但在我的内心里,还是接受不了。

一位在大使馆工作的日本人亲切地走过来和我交谈。见我吃得很香的样子,他说:"好吃吧?肯定好吃啊,不管怎么说,葡萄牙是海洋国家,会捕捞大量的金枪鱼,咱们在日本吃到的金枪鱼,也是在葡萄牙这边捕捞后销往日本的。这里是原产地,当然好吃啦!"他高兴得就好像是自己的功劳一样,非常自豪。不过,确实鱼肉鲜嫩,非常好吃,而且量给得很足。还有,店里的人一直在给我添茶水,我心里觉得好暖。

我走在有很多古董店的东·佩德罗五世大道上,刚才大使馆的那个人追了上来,说"你看看这家店",说着他推开了一家毫不起眼的店的大门。

哎呀,太漂亮了!看着像是一家葡萄酒店,店内瓷砖的装饰简直太美了!"看,这里的瓷砖画漂亮吧?葡萄牙的建筑,外表虽然并不花哨,内部可是不得了哦。"——他是真的很爱葡萄牙呢。东·佩德罗五世大道上,还有一家店收藏了几万块从15世纪到20世纪的瓷砖画。

刚才我是乘荣耀线缆车上到上城区来的,现在要乘比卡缆车下去了。缆车线路两边是紧密排列的一座座房屋,比卡缆车朝着闪耀着蓝色光芒的特茹河开下坡去。

与转眼就到终点的荣耀线缆车不同,乘比卡缆车保证能欣赏到里斯本具有代表性的美丽景色。

在阿尔法玛地区听法多

我点了面包、橄榄、4根辣味香肠，附赠了大豆天妇罗，我还点了蛤蜊芦笋汤。周围都是夫妇、情侣、朋友组合，没有伙伴的只有我一个。而且我也没怎么打扮……真是糟糕，难得带了条连衣裙来，要是穿来就好了……哎，算了。放了很多大蒜的蛤蜊真好吃！

红脸膛的男服务员用日语来跟我讲话。看来日本人很多呀。啊，有个日本客人坐到我旁边了。我无事可做，便开始画起人们来。洋溢着哀伤、旋律悲怆的法多，据说在拉丁语中的语义是"命运"。我听不懂歌词，但如泣如诉的歌声中，好像每个故事都是以悲剧收场。

两场演出之间，我跟邻座的夫妇用日语交谈。太太是图书馆的图书管理员，她说"馆里有好多达洋猫的书"，让我很开心。应男服务员的请求，我还为他画了一幅画。周围的人们沉浸在非常和谐温馨的氛围中。我本打算早点回去的，结果认真地看完了三场演出，结束时早就已经是半夜了。

法多的歌声十分悲伤

第二场 法多

🐟 特茹河的贝伦塔

从商业广场眺望特茹河时,我忽然想到"我可以画夕阳时分的贝伦塔啊!"从市中心沿着特茹河走大约6公里就是贝伦地区。贝伦地区有许多大航海时代的历史古建筑。

15世纪,人们相信在世界的尽头,海水像瀑布一样落下去,在那样的时代里,葡萄牙人敢于向着未知的大海进发。当时人口只有110万的小国,为何能成为雄冠天下的海洋王国呢?

当然,葡萄牙拥有优越的地理位置,但最重要的是,举国上下确保航海的资金来源,就连贫困的国民也鼎力相助。航海王子恩里克的存在也起到了巨大作用,他鼓励水手克服对大海的恐惧,奋力破除迷信。恩里克王子死后,航海探险被承袭下来。葡萄牙人向印度洋进发,垄断了香料贸易,迎来了黄金时代,实现了空前繁荣。他们甚至一度与西班牙协商平分世界,实在厉害!

去贝伦地区需乘坐15路有轨电车。但是在车辆缓慢行驶的时候,早已经到了傍晚时分,太阳一下子就落下去了。有轨电车太慢了!我到贝伦的时候天已完全黑了。我在夜色中快步走着,却总也到不了发现者纪念碑和贝伦塔。

为了让国民拥有梦想,葡萄牙于1960年建造了发现者纪念碑。其造型如帆船,甲板上立着开辟了大航海时代的伟人们的雕像。最前面的当然是航海王子恩里克,后面是开拓印度航路的瓦斯科·达·伽马。这里天色太暗,我也不太想画。不过贝伦塔还不错,于是我开始画它。

好几个世纪里,贝伦塔送船出海、迎船回航,司马辽太郎称此塔为"特茹河上的贵夫人",它气度优雅,颇具风情。在无人的夜里,我与塔静默相对,大航海时代的浪漫传奇由远及近扑面而来……啊,难道那是海浪的声音?

夜晚的贝伦塔颇具风情。
天变短了，刚刚过6点，天就全黑了，颜色也看不见。

🐟 欧亚大陆最西端的火车站——卡斯卡伊斯

绕了不少路,登上开往卡斯卡伊斯的列车时,已经是3点了。
列车一直行驶在海岸线上。里斯本在特茹河岸,这次终于到海了。
试着用在里斯本买的碳素水笔画的。

还经过了贝伦塔。早知道就坐这趟列车来了。

出海了,闪闪发光,平静无波.

突然出现了漂亮的建筑和沙滩.有人在游泳.

"我想去看海。"虽然特茹河如大海般宽广,但毕竟是河。难得来一趟,我还是想去看看大西洋。我向亲切和蔼的饭店工作人员咨询,他们说"从卡伊斯索多莱站坐火车,一直沿着海岸走,终点站卡斯卡伊斯就在海边。"于是我决定去看看。只需35分钟就能到海边,这太棒了!

列车里,我试用了一下刚买的碳素水笔。很粗,形状不太一样,但这应该算是水彩铅笔吧。不过能够画得很快,意外地别有风趣。

卡斯卡伊斯的海鸥

　　卡斯卡伊斯是欧亚大陆最西端的火车站,但本地人并未把这个当作卖点,车站也没有任何标识。不知为什么,这里的咖喱餐馆很多,街上飘着咖喱的香气。我在里斯本没怎么见到意面和咖喱饭,想吃咖喱想得不得了。

　　其实我很想去罗卡角,据说那里有一块石碑,刻有葡萄牙诗人的诗句"陆止于此,海始于斯",但是很遗憾,时间来不及。

　　我画了海港之后,吃了咖喱饭,未觉有什么可圈可点之处,就回里斯本了。

🐟 城墙环绕的奥比都斯

开往奥比都斯的巴士站所在地大坎普（Campo Grande），从我的住处乘地铁可直达，实际上很方便。但大坎普全都是巴士，就像是巴士巢穴一样。这里面到底哪一个是开往奥比都斯的呢？我跑了一大圈，四处打听，还好赶上了发车时间。无论在西班牙还是葡萄牙，坐巴士都很辛苦。相比之下，虽然什么都看不到有些无聊，但地铁真是个简单易懂又方便的交通工具。

天空是深灰色的，雨大概停了，在远处的山丘上能看到里斯本。葡萄牙的景色很平静。啊，是葡萄田。说起来，在欣赏法多的那家店里，我是不是喝了好多味道甘醇的红葡萄酒？……正在恍神的时候，巴士用了一个小时左右抵达了奥比都斯。

我先去旅游咨询处，想要一份本地地图，忽然发觉事情不妙——"哎呀糟了，我手机上没有WIFI信号！"应该是在巴士上打瞌睡的时候，移动WIFI机从背包插袋里掉出去了。

我求助于旅游咨询处的人，但从一开始就没抱什么希望。他们确认了巴士的发车时间后，就开始为我联系。他们说"请在这里稍等一下。等巴士停车的时候他们会为你找一下。"我等了20分钟。

"好像找到了！你快去巴士站吧。5分钟后车就到。"

太好啦！可是，5分钟过去了，10分钟过去了，巴士还没有来。啊，好担心。

耶！车来了！司机师傅笑眯眯地把小小的移动WIFI机和润唇膏（我甚至没有想起来我还丢了它）拿在手里向我挥着。我真是太高兴了，真想扑上去亲吻他！

奥比都斯是一座城墙环绕的美丽小镇。担心的事一解决，我看什么都兴高采烈。

哇，这也太好看了！一直到拱形的顶部，城门被18世纪的瓷砖画所覆盖，只要踏进城门一步，那就是通往童话王国的入口。

巧克力杯中装有樱桃酒 GINJA

有个红色帐篷的摊位，在出售味甜而酒劲儿很大的樱桃酒 GINJA。

可以免费品尝，我用巧克力做的杯子喝了一杯。画好画之后，我觉得很好喝，想买一个城堡形状的杯装酒，店员看了我的画后，免费送给我了。

据说蓝色与黄色在一起具有辟邪的作用。可能是因为这个吧？石板路两侧的白墙上有着蓝色和黄色的边饰。大面积涂开的蓝色和黄色与白墙、红褐色或金褐色的漂亮屋瓦配在一起，非常和谐。

广场上有小提琴演奏，乐曲声听上去很是欢快。有一个纪念品商店厉害到以盘子和瓷砖精心装饰而成，品位不凡。奥比都斯真是个可爱的小镇。就连路边偶然露一下脸的猫咪，一晃神都感觉它要说话似的。

在这个童话一般的小镇里,最令人惊叹的还是各种怒放的花朵。

紧贴着白墙盛放的红花;整株花木都攀上墙,枝丫上团团簇簇绽放着的白花;黄色的小花和碧绿的叶子,掩住了白色的墙和绿色的门。

餐馆的墙上生长出来的巨大树干几乎把门挡住,树枝自由伸展到了二楼的窗户和房顶,枝头上繁茂地长满了桃红色的花和叶子。

这些花木的根究竟伸到哪里去了呢?所有的小路全都是石板路,在大树生长的地方,只能看到一点点裸露的泥土。

用城墙将小丘陵完全围住,建立起来的这个可爱小镇,在它的石板之下,在泥土中,许许多多的树根盘根错节交织在一起吧?在这些根络之间,是不是还有另一座黑暗生物居住的小镇,在持续着千年不变的生活?

在奥比都斯,房屋的外墙都被涂成黄色和蓝色,再加上鲜花大片大片地盛放着,实在漂亮。

宿于山谷中的珍珠——波萨达酒店

细长的奥比都斯小镇，从城门到另一端的波萨达·德·卡斯特罗酒店只有500米，然而这中间，一处又一处漂亮的景致出现在眼前，无论如何也走不到目的地。中午时分到的奥比都斯，可转眼间已是黄昏。波萨达位于山丘之上的小镇更高的位置，从这里看到的天空实在太美了！也许因为天色像是要下雨，橙色与蓝色、青色的云在天空铺开，我从未见过这么壮观的晚霞，一时竟看得忘我。

与西班牙的帕拉多酒店一样，葡萄牙的波萨达酒店也是利用古城堡或修道院等建筑物改建而成的国营酒店，其中波萨达·德·卡斯特罗是它的第一座酒店。

13世纪，伊莎贝尔深深爱上了这座被称为"山谷珍珠"的风景如画的小镇，国王把奥比都斯当作结婚礼物送给了伊莎贝尔王妃，在那之后，小镇就像珠宝盒一般，从一代王妃传给下一代王妃，这座城堡就成了王妃来小镇小住时的驻跸之所。

我住的房间名字就叫作伊莎贝尔。"做了个好梦吧？"酒店的人问我。可惜我睡得好香，什么梦也没做。

作为城堡来说这里并不大，房间也很小，但住得很舒服。晚餐也是我到达之后预约的，是在城堡里的餐厅吃的。有一道鱼汤特别好喝！

鸡肉炖菜

鱼汤

奥比都斯,被称为山谷的珍珠,是一个被城墙环绕的小镇。在城墙上走,可以绕小镇一圈。

　　波萨达酒店固然不错,但旁边纯白色的教堂书店也很棒!乍一看,外观怎么也不像是个书店(毕竟是教堂),但中间很高的顶部空间,施以如祭坛、如剧场般美丽的装饰,而且还收存着很美的书,仿佛从书中能听到音乐一样。书架上有好多精致的绘本,我被彻底迷住了。

　　奥比都斯环绕小镇的城墙保存完好,为葡萄牙七大奇迹之一。我沿着古城城墙步行,站在小镇位置最高的城墙上,眺望小镇全貌,心情真好。能够这样环绕一整圈,但这里真的很高,掉下去的话就糟糕了。

🐟 拿撒勒的玛利亚

已经是 11 月了。度假旺季结束后，拿撒勒悄悄地恢复了从前的平静。从海滨旅馆的窗户可以看见大海，但并无游人，只有悠闲漫步的小狗。

一位去过拿撒勒的朋友告诉我说："拿撒勒的女性如今仍会很平常地把好几条裙子套在一起穿。我跟她们说请让我拍张照，她们索性把裙边卷起来给我看。"无论哪个国家都有传统服装，但是在日常生活中以这样的形式生活的很少。我一定要去亲眼看看，于是去往渔民聚居之地佩斯卡多雷斯。

Maria da Nazaré
拿撒勒的女人会叠穿好几条裙子，玛利亚穿了4条。
她今年92岁，是个传说中的女人，从6岁起就做鱼干直到今天。

镇中有好几条狭窄的岔路，但一个人影也看不到。我无精打采地走着，啊，有了！看到了！

两位大姊搀扶着一位看起来年纪很大的老奶奶，她系着方巾，穿着套头斗篷，短裙上系着漂亮的围裙。

年纪最大的这位奶奶非常优雅，我一边走一边画她。她们好像是去咖啡馆，我也跟着坐在咖啡馆里，点了一杯意式浓咖啡。

大姊们好像对老奶奶说"没问题吧？我们走啦"，然后她们离开了。

我把速写本给老奶奶看了，用手势告诉她我的用意，然后继续画起来。

嗯,感觉真不错。老奶奶点了看起来像是葡式蛋挞的点心,大口大口吃起来。我把这个场景也迅速地画了下来。啊,我好想跟她聊聊。

画完后,我问她"您叫什么名字?",结果咖啡馆的四面八方同时传来回答"她是玛利亚·达·拿撒勒!"哈,原来所有人都认识她呀。

不过,"拿撒勒的玛利亚"是怎么回事?说起来,拿撒勒这个小镇的名字,是因为8世纪时从以色列的拿撒勒迎请圣母玛利亚像而得名。

临别时,我送了老奶奶一个达洋猫的徽章,她非常高兴。我帮她把徽章别在套头斗篷上,打着手势问她"穿了几条裙子?",她腼腆地竖起四根手指。

到了第二天,我终于弄清楚了为什么大家都知道玛利亚的名字,以及她在拿撒勒有多么有名。

充满活力的拿撒勒市场。一楼主要卖蔬菜、水果,二楼主要出售鱼类。这里居然也有我昨天画过的玛利亚拿撒勒的鱼干店!是玛利亚和女儿、外孙女三代传承的老店。

我坐在拿撒勒一家有趣的室内市场的台阶上画画时,忽然有人用英语跟我说"这不是昨天给我奶奶画画的人嘛!"我跟着这位穿套装的年轻女性上了二楼,这里是市场的鱼类区,她说:"我奶奶已经做了近90年的鱼干了。"

在各种看上去很好吃的鱼干之间,展示着玛利亚的照片、1928年创业的情况说明、当时的老照片等,鱼干的包装袋上印着"玛利亚·达·拿撒勒"字样。

玛利亚,是传说,更是品牌!祖孙三代相传制作的鱼干,很时尚地作为一个品牌出售。真有意思啊。我感觉这一点跟我的公司好像啊,真开心。让我品尝的鱼干也很好吃!

不过,我把背包忘在鱼干店里了,回去找的时候,被正要关店门的鱼干妈妈骂了:"你这样哪行呀!拉链就那么敞着,扔下就不管啦?!"好可怕。

🐟 大西洋落日

位于高地的西提奥地区的广场上有位拿撒勒风格的快乐大妈,一边跳舞一边卖坚果。丰满的肥臀穿着迷你裙,虽然很可爱,但有种微妙的和谐感。拿撒勒女人的裙子短,据说是因为她们要帮渔夫拉网什么的,裙子太长的话就会很碍事。

大概是这么回事吧!裙子叠穿好几条,可能也是因为臀部会冷吧。

高处风好大,东西都要被吹飞了。

这里有个小礼拜堂,能俯瞰大海。这里的瓷砖画太壮观了!从屋顶到室内的穹顶全都被瓷砖画覆盖,那种静谧的美,难以用语言表达。传说曾有玛利亚奇迹降临的梅莫里亚礼拜堂,里面的瓷砖画是我在葡萄牙见过的瓷砖画里面印象最为深刻的。

从瞭望台看去,拿撒勒的海岸线非常美丽。

海平面一望无垠,让人感觉到地球是圆的。

啊,晚霞出现了。天空每时每刻都在变幻着姿态。

我要画夕阳沉入大西洋,便拿出了速写本。我左手按住速写本,右手拿着水笔和水彩颜料。站着画画,难免不稳。

哇!好大的风!刚画了几笔的画纸飞走了!

我在里斯本买的轻薄的纸,被狂风卷起,转眼间就消失在海上了……

唉,算了吧。不画画,就这样看看也挺好。

云团滚上了一层金边。天空一边散发着柔光,一边转为暗红色。瓷蓝色的大海映出天空的色彩,开始慢慢烧红。太阳的金色流入大海,大海与天空融为一体……只留下一点点夕阳的余韵。最终,夜笼罩了周围的一切。

从里斯本到马德里的夜行列车之旅

从里斯本出发是晚上 9 点 34 分。搭乘夜行列车直到上车之前我都会一直不安,所以我很早就来到出发站里斯本东站。在餐车里听别人说,这趟车将在凌晨 3 点进入西班牙境内。

以前坐火车穿越国境时,半夜会被叫起来,很受罪的,现在轻松多了。

夜行列车虽比较狭窄但是个好东西。看着窗外的茫茫夜色也好,躺着感受列车的振动也很舒服。

夜晚的景色只能看到近处,瞬间就从眼前掠过。但是到了早上就可以慢慢欣赏美景了。

列车已经进入西班牙了吧?天色微亮,天空呈淡红色。

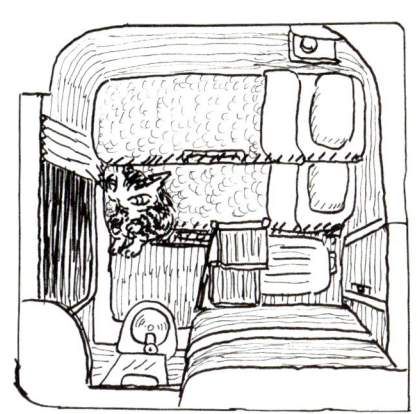

车厢的面积旅个程度与日本的夜行列车相仿,不同的是这里我有睡衣,告别蒲萄牙的夜,迎来了西班牙的黎明。

远山被青色雾霭笼罩,山谷小镇如微缩花园一般,模模糊糊的看不出颜色。

树木全都是暖褐色的。现在走到哪里了呀?

啊,格罗塔山的轮廓也开始染红了。

哦,太阳出来了!

在旅行就要结束的时候能够见到太阳,我感觉很吉利。

代后记 即兴拼画

　　这是我迄今为止时间最长的一次绘画之旅。虽说是短期，留学也好，寄宿也好，都让我很激动，非常愉快。这些我在正文中都已经写过了，我在这里想聊一聊我在此次旅行中尝试应用的写生技法——"即兴拼画"。也就是把我感兴趣的元素和人物等收到同一个画面里，用于展现这个地点，这是我的独创技法。

古埃尔公园

　　长椅的瓷砖很有趣，我把它画在纸面很靠下的位置，然后把塔画进去，在它的对面画上石头洞穴。我把想画的蜥蜴放在正中间，还画了事实上看不到的大海，空中是达洋猫。

阿尔卡萨尔

　　我不想落入俗套，所以让我喜欢的狮子站在长矛上在空中飞行。配合狮子我画了达洋猫，让它站在喷水筒上。我还画了三块地面瓷砖，间隙用庭院的树木填满。

西班牙广场

　　我画了一株美丽的玫瑰，它下面是瓷砖长带。在上面放上骑自行车的达洋猫，玩水的可爱的孩子们也放在长带上。我把漂亮的花架画在了画面上方，最后涂了黄色的水彩来整合，还随意画了几个散落的音符。

阿拉塞纳

我把风向标像商标一样放在画面中央。钟乳洞很棒,让我很兴奋,画了好多。剩下的四分之一我速写了小镇风景。

番红花节

画动态的人物很有意思。画完人物,用番红花来增添画面的美感。一开始用的是能够描绘细节部分的细勾线笔。最后用笔描摹出来,以增强力度。

贝尔梅奥的节日庆典

先是陪着女儿玩的爸爸,然后是制作陶瓶的大叔。画了其他的游戏之后用水笔来分镜。虽然是黑白单色画,但粗线条发挥了作用,效果很不错。

如上所述,"拼画"虽然比将所见如实画下来的速写略难一些,但很有意思,希望大家一定挑战看看。初期尝试时,可以等旅行回来以后,看着照片把自己喜欢的城镇和地点用一张纸来呈现,肯定会画出有趣的东西来。

那么,阿迪奥斯!(阿迪奥斯,Adios,西班牙语指再见。——编者注)

达洋猫绘画之旅

在离日本最近的热带雨林观看野生动物。

当地传统美食、美食Spa按摩法、加雅岛浮潜、热带雨林小木屋、河边吊床宿营、北婆罗洲怀旧火车、骑摩托车纵贯婆罗洲……森林海岛魅力风情游!

与大自然亲密接触的热带岛屿趣味之旅。

DAYAN'S SKETCH TRAVEL BOOK
BORNEO

日本人气插画家 达洋猫系列作者 | 池田晶子

世界第三大岛婆罗洲的旅行随笔游记
百余张旅行途中充满风土人情的达洋猫即兴速写插画

图书在版编目（CIP）数据

达洋猫绘画之旅.西班牙 葡萄牙/（日）池田晶子著；梁华译. -- 北京：华夏出版社，2019.10
ISBN 978-7-5080-9798-5

Ⅰ.①达… Ⅱ.①池…②梁… Ⅲ.①游记-作品集-日本-现代 Ⅳ.①I313.65

中国版本图书馆 CIP 数据核字 (2019) 第 128471 号

"达洋猫绘画之旅.西班牙 葡萄牙" by Akiko IKEDA
Copyright © 2016 Akiko IKEDA / Wachifield Licensing, Inc.
All rights reserved.
Original Japanese edition published by Shuppanworks Inc. Kobe Japan.

This Simplified Chinese edition is published by arrangement with
Wachifield Licensing, Inc., Tokyo in care of Tuttle-Mori Agency, Inc., Tokyo

版权所有，翻印必究。
北京市版权局著作权合同登记号：图字 01-2017-4332 号

DAYAN'S SKETCH TRAVEL BOOK
SPAIN/PORTUGAL

达洋猫绘画之旅.西班牙 葡萄牙

作　　者	[日]池田晶子	印　　刷	北京华宇信诺印刷有限公司
译　　者	梁　华	装　　订	三河市少明印务有限公司
策划编辑	陈志姣	版　　次	2019 年 10 月北京第 1 版
责任编辑	陈志姣		2019 年 10 月北京第 1 次印刷
责任印制	刘　洋	开　　本	889×1194　1/32
装帧设计	殷丽云	印　　张	4.5
出版发行	华夏出版社	字　　数	113 千字
经　　销	新华书店	定　　价	49.80 元

华夏出版社 网址：www.hxph.com.cn 地址：北京市东直门外香河园北里 4 号 邮编：100028
若发现本版图书有印装质量问题，请与我社营销中心联系调换。电话：（010）64663331（转）